U0503796

Annie Ernaux

作者简介：

安妮·埃尔诺出生于法国利勒博纳，在诺曼底的伊沃托度过青年时代。持有现代文学国家教师资格证，曾在安纳西、蓬图瓦兹和国家远程教育中心教书。她住在瓦兹谷地区的塞尔吉。2022 年获诺贝尔文学奖。

译者简介：

郭玉梅，天津外国语大学欧洲语言文化学院法语学科带头人，教授，硕士生导师。曾任教育部教学指导委员会法语分委员会委员。译有勒·克莱齐奥的《金鱼》（2008 年诺贝尔文学奖作品）、《黑线》《希腊神话》等作品。

"安妮 · 埃尔诺作品集"
中文版序言

当我二十岁开始写作时，我认为文学的目的是改变现实的样貌，剥离其物质层面的东西，无论如何都不应该写人们所经历过的事情。比如，那时我认为我的家庭环境和我父母作为咖啡杂货店店主的职业，以及我所居住的平民街区的生活，都是"低于文学"的。同样，与我的身体和我作为一个女孩的经历（两年前遭受的一次性暴力）有关的一切，在我看来，如果没有得到升华，它们是不能进入文学的。然而，用我的第一部作品作为尝试，我失败了，它被出版商拒绝。有时我会想：幸好是这样。因为十年后，我对文学的看法已经不一样了。这是因为在这期间，我撞击到了现实。地下堕胎的现实，我负责家务、照顾两个孩子和从事一份教师工作的婚姻生活的现实，学识使我与之疏远的父亲突然死亡的现实。我发觉，写作对我来说只能是这样：通过我所经历的，或者我在周遭世界所生活的和观察到的，把现实揭露出来。第一人称，"我"，自然而然地作为一种工具出现，它能够锻造记忆，捕捉和展现我们生活中难以察觉的东西。这个冒着风险说出一切的"我"，除了理解和分享之外，没有其他的顾虑。

我所写的书都是这种愿望的结果——把个体和私密的东西转化为一种可知可感的实体，可以让他人理解。这些书以不同的形式潜入身体、爱的激情、社会的羞耻、疾病、亲人的死亡这些共同经验中。与此同时，它们寻求改变社会和文化上的等级差异，质疑男性目光对世界的统治。通过这种方式，它们有助于实现我自己对文学的期许：带来更多的认知和更多的自由。

安妮·埃尔诺

2023 年 2 月

目 录

"安妮·埃尔诺作品集"中文版序言   1

羞耻   1

献给菲利浦·V.

语言不是真理。它只是我们存在于宇宙的方式。

——保罗·奥斯特,《孤独及其所创造的》

六月的一个星期日，中午刚过，我的父亲想要杀死我的母亲。那天，我像往常一样去参加差一刻十二点的弥撒，在回来的时候，我顺便到商业区的糕点店买了点心，食品店就坐落在一片战后临时搭起的简易棚子里，等着尚在建造的新大楼的竣工。回到家，我把礼拜日穿的礼服脱下，换上一条容易洗涤的连衣裙。顾客们一走，杂货店的门就关上了，我们一边吃饭，一边听着收音机播放的节目。这时播放的是一个幽默节目，名字叫《法庭》，由伊夫·德尼奥（Yves Deniaud）扮演一个卖灯具的小商贩，他不断被指控犯有轻微罪行，同时又被一个声音颤抖的法官判处一些滑稽可笑的刑罚。母亲那天的情绪特别不好，她和父亲的争吵从一坐到饭桌前就开始了，整个吃饭过程中始终未停下来。待收拾了杯盘，擦洗了桌布，她在那间狭窄的、夹在咖啡馆、杂货店和通往楼上的楼梯之间的厨房里不停地来回转着，大声责骂我的父亲，絮絮叨叨，没完没了。她每次生气时都是这样。父亲坐在书桌旁，脸朝向窗户，不作声。突然，他全身抖动，大口喘息着。我看见他站起来，一把揪住我的母亲，一边推着她朝咖啡馆走，一边吼叫着，声音嘶哑，这是我以前从未听到的。我吓得跑到了楼上，一头扑倒在床上，脑袋埋到靠垫里，接着我听到母亲大声喊叫："我的女儿!"声音是从咖啡馆旁边的地窖里传来的，我赶忙跑下楼，嘴里拼命地喊着："救命啊!"在昏暗的地窖里，我的父亲一只手死死地抓住母亲的肩膀或脖颈，另一只手抄起放在砧板上用来砍柴的镰刀，我只记得当时我只顾拼命地喊叫和号啕大哭，后来我们三人又回到了厨房。父亲站在窗前，母亲站在炉旁，他们都喘着粗气，我坐在楼梯下端，不停地哭泣。父亲依旧怒气未消，他的手还在颤抖，说话的声音也不一样。他不停地对我说："你哭什么，我又没打你。"我还记得当时我说的一句话："你让我倒霉了（Tu vas me faire gagner malheur*）。"我母亲为了缓和屋里的紧张气氛，故作轻松地说："好啦，一切不愉快都结束了。"之后，我们三人一起骑自行车到附近的乡下去散步，回来后，父母又如同每个星期日晚上一样开了咖啡馆的门，谁都没事了。

那天是 1952 年六月十五日。那是我童年时代记忆最深、最清楚的日子。在那之前的日子都只是匆匆溜走，有的也只是记在作业本上的日期罢了。

后来我曾经对几名男士说过："我快十二岁那年，

---

* 在诺曼底方言中，gagner malheur 意味着一个人被吓疯了并且总是走霉运。——原注

我父亲要杀死我的母亲。"我多次有说出这句话的欲望，说明这件事已经深深地铭刻在我的心里了。我没有想到，所有人听了这句话之后都沉默不语。我这才明白我犯了一个错误，他们没有遭遇过这种事情。

现在我即使把这个场景写出来，但内心深处直到今天，依然似乎觉得这件事不能写出来，即使是记在私密日记里也不好。因为我害怕由于自己写了这些事会招致惩罚，而以后再也不能写任何东西了（看到自己现在依然能够像从前那样写作，没有发生什么不幸，我才松了一口气）。自从我讲述这个事情后，我觉得这个事件就变得很平常了，这件事在其他家庭中也会发生，而且发生的频率比我想象的还要高得多。也许叙述，所有的叙述，都会使任何行为变得正常，甚至那些最具戏剧性的行为。但因为我一直有这样一幅场景，它就像一个没有词语和句子的画面，与我曾对情人们说过的那句话无关，我用来描述它的词语对我来说似乎很陌生，几乎是不协调的。它已经成为其他人的一幅场景。

在开始动笔叙述这件事以前，我以为我能够回忆
起每个细节。可实际上，深藏在我记忆中的只不过是
当时的气氛，当时他们俩各自所站的位置，以及只言
片语。我不记得当时他们吵架的初始原因，也不记得
母亲当时是否穿着她营业时穿的白色工作罩衫，还是
为了出去散步，她已经换了别的衣服。我也记不得那
天晚上我们吃了什么饭，就是那天上午做了什么事我
也没有任何印象，除了习惯上的活动，比如做弥撒、
买糕点，等等。尽管我不得不经常回忆起这个场景发
生之前的事情，就像后来我讲其他事件的时候那样。
可是，我肯定那天我穿的是那件蓝底白点的连衣裙，
因为后来接连两个夏天我都穿了这件裙子，而每次穿
的时候，我都会想："这就是那一天的裙子。"我也肯
定那天的天气是晴间多云，有风。

后来，那个星期日强行出现，成为我和我所有的生活之间的一个过滤器。虽然我照旧玩耍，读书，表面上和平时没什么两样，但实际上我做任何事情时都不能专心。一切对我来讲都变得那么虚假。以前我记忆力特别好，过目不忘，而现在记忆力大大减退了，一个靠小聪明可以不认真学习就能取得好成绩的学生，现在成了一个要特别用功才能跟上的学生了。

这幅场景无法被评判。一个深爱我的父亲要杀死一个同样深爱我的母亲。由于平时母亲比父亲更信仰基督教，而且是母亲在家里掌管钱财，再加上是她负责与我的教师们接触，于是我便认为母亲自然有权力对父亲指手画脚，就像她对我发号施令一样。这件事没有过错方，也没有罪犯。只是我必须阻止我的父亲杀死我的母亲，以防止他去坐牢。

但在我内心深处，我隐约感到这个场景还会重现，在好几个月，也可能是好几年里。因此，我担心他们。只有店里有顾客时，我的心才会放下来，但到了晚上或星期日下午，当只有我们三个人在一起的时候，我的心便又提到了嗓子眼儿。只要他们说话声音稍大一些，我就会很警觉，我监视我的父亲，观察他的面部表情、他的双手。他们每一次突然的沉默都会让我觉得灾难就要临头。即便我在学校上课的时候也在不停地想：当我回到家时，也许惨剧已经发生了。

当他们之间通过一个微笑或一个默契的大笑，或者以开个玩笑等方式表达他们之间的爱意时，我就以为我们又回到了那个场景发生前的美好时光。那只不过是一场"噩梦"。但是过后，我明白他们之间爱意的表示只在当时的那一刻有意义，对未来没有丝毫的担保作用。

在那个时代，收音机里经常播放一首奇怪的歌曲，大概是讲述和模仿在酒吧里突然发生的一场斗殴：歌曲先是一阵沉默，然后一个声音低吟着："人们可听到苍蝇在飞"，接着便爆发出尖叫声，说些让人听不清楚的句子。每次听这首歌曲时，我感到无比焦虑。有一天，我的叔叔递给我一本他正在读的侦探小说，说道："如果有人控告你父亲是杀人犯，而你父亲又是无辜的，你该怎么办？"我一下子僵住了，在我眼里，家里随时都可能出现那个惨剧的场景。

那样的场景再没有发生过。在十五年后，父亲去世了，也是在六月的一个星期日。

只是到了现在我才明白了这一点：我的父母可能过后回想过那个星期日的场景，父亲对他的行为进行了一番解释，或做了一番检讨，获得母亲的谅解，于是他们决定忘掉这一切。比如，一天夜里在他们做爱之后，他们互相谅解了。可是这种理解，就像所有当时没出现的想法一样，来得太迟了。它对我不再有用，只能用它的缺失衡量那个星期日的无声的恐怖。

八月间，有一家英国人来到法国南部度假，他们在一个人烟稀少的路边宿营。到了早上，人们发现这一家人被杀害了，男主人杰克·特瑞蒙先生、他的妻子安娜女士以及他们的女儿伊丽莎白。距此地最近的地方有一个农场，这个农场属于原籍为意大利的姓多米尼奇的一家人，他们的儿子居斯塔夫被指控犯有谋杀罪。多米尼奇一家人不怎么会讲法语，特瑞蒙一家人可能比他们讲得略好些。至于我，我只认得在火车里悬挂着的用英语和意大利语写的两块提示牌："不要把头伸向车窗外。"人们觉得奇怪，那些有钱人怎么会更喜欢睡在露天而不愿住在酒店里呢？我想象自己和我的父母都在路边被人杀害了。

现在，我手里只保留了那年的两张照片。其中一张是我领圣体时拍的，那是一张黑白的"艺术照"，被粘在一张厚纸板上，镶嵌在凹进去的框架中，上面蒙着一层半透明的纸，照片上还有摄影师的签名。照片里的女孩面部饱满，皮肤光滑，颧骨突出，圆圆的鼻子，鼻孔稍有些大，鼻梁上还架着一副浅色宽镜架的眼镜，垂到两边的颧骨，她的目光死死地注视着镜头，头上戴着顶软帽，被烫过的短发在帽子下方前后露出，帽檐边松散地垂下一帘面纱。嘴角透着一丝淡淡的微笑。那是一张严肃认真的小女孩的面孔，由于烫发和戴眼镜的缘故，她看上去显得比实际年龄大。她跪在祈祷用的长凳上，胳膊支在扶手架上，两只手托着腮，小拇指上还戴着个戒指，一串念珠垂至祈祷书上，手套放在祈祷凳上。身上穿着一件平纹细布的连衣裙，轮廓模糊，不显身形，腰带系得很松。令人印象深刻的是，在这套小修女的服装之下，身体不见了，我无法想象那个身体，更别说像我现在感受到的那样感受它。想到这一点，令人惊讶的是，在今天同样如此。

还有一张照片是 1952 年六月五日拍摄的，它不是被拍摄于 1951 年我初领圣体的神圣日子，而是拍摄于一年后另外一个"祈福"的日子，那天我又穿上了那套服装，又一次经历了那样的仪式，但我也不知道是因为什么。

另一张照片很小，长方形的，我与父亲站在装饰着花朵的一堵墙的前面。那是到卢尔德（Lourdre）的一次团队旅游时在比亚里茨（Biarritz）照的，1952 年的八月末，当时我们正在沿着海边散步，但照片上并不见大海的背景。那时我身高大概还没超过一米六，因为我的头刚好超过父亲的肩一点点，父亲的身高是一米七三。三个月里，我的头发长了许多，成波浪形，用绕头的一条丝带系着，像个圆圆的花环。照片是用我父母在战前的一个主保瞻礼节上获得的相机照的，画面不是很清晰。我的脸和我戴的眼镜都很模糊，但可以看到我当时微笑着，很开心。我穿着一条短裙、一件白衬衫，那是教会学校为过青年节给学生们统一制作的套装。套装的外面又披上了一件外衣，袖子没有穿上。照片上的我穿着上窄下宽的短裙，紧裹腰部，使我显得格外苗条。但这样的装束又使我看上去像个小妇人。父亲穿着一件深色的外套，配着浅色的衬衣和裤子，系着一条深色的领带。他没怎么微笑，和所有照片里一样，总是那一副焦虑的模样。我之所以把这张照片保存下来，可能是因为它与其他照片不同，照片上的我们有点不像本来的我们，而像在海滨度假的有钱人。两张照片上，我都没敢张嘴笑，因为怕露出我那七扭八歪和残缺不全的牙齿。

我出神地望着这些照片，好像只要我目不转睛地盯着照片，我就能重新进入这个女孩的身体和头脑，有一天她会出现在摄影师的祈祷凳上，出现在比亚里茨，与她父亲一起。然而，假如我从未看过这些照片，假如别人第一次把这些照片拿给我看，我无论如何也不会认为照片上的女孩就是我（但的的确确"这就是我"，不可能自认为"这不是我"）。

两张照片的间隔时间只有三个月，第一张是在六月初拍的，第二张是在八月末。但两张照片在尺寸和质量上完全不同，因此，无法看出我在身材和面部轮廓上有什么不同，但是我似乎觉得这两张照片就像两块时间的界碑，一个是初领圣体的小女孩，标志着童年时期的结束；另一个却标志着一个新时期的开始，即我不断被羞耻感所困扰的时期。可能我总是像一名历史学家那样，想要把那个夏天切割成一个确切的时间段。（说"那年夏天"或者"我十二岁那年的夏天"，这样说是想赋予当前的1995年夏天以浪漫的色彩，我甚至想象不出1995年是否在未来的某一天也可以使用"那年夏天"来表达。）

我保留下来的那一年的物的印迹还有：

一张印有伊丽莎白二世的黑白明信片。这是我父母在勒阿弗尔的朋友的女儿送给我的，那是她和班里的同学去英国观看加冕典礼时买的。明信片的背面有一处黄斑，朋友送给我时就有，我很讨厌这个黄斑，每当我看到这张卡片时，就会立即想到那个小瑕疵。伊丽莎白二世的头像是侧面的，她深邃的目光凝视着远方，一头黑色的短发向后梳着，嘴唇由于涂着深色的口红而显得厚实。她的左手靠在裘皮垫子上，右手拿着一把扇子。我回忆不起来当时我是否认为她很漂亮，也许这个问题我从来就没有想过，因为她是女王。

一个红色皮制的工具包。里面放的东西，如：剪刀、挂钩、锥子等已经不在了，这是我的圣诞礼物，但我更喜欢垫板，因为上学时这个更有用。

一张展现利摩日大教堂内部装饰的明信片。这是
我去卢尔德团队旅游时给我母亲寄回来的。明信片的
背面写着几个粗大的字："利摩日的旅馆很好。这里来
了许多外地人。热烈地拥吻你。"下面签着我的名字和
"爸爸"的字样。地址是父亲写的。邮戳上的日期是
1952 年八月二十二日。

接下来是一本明信片，上面写着"卢尔德城堡，
比利牛斯博物馆"，这大概是我参观此处时买的。

还有一张乐谱。歌曲的名字叫《古巴之旅》。那
是一个仅有两页的蓝色小册子，封面上画着几只小船，
上面有演唱者或演奏者的签名：帕特里斯（Patrice）
和马里奥（Mario）、艾迪安（Étienne）姊妹、马塞
尔·阿左拉（Marcel Azzola）、让·萨波龙（Jean
Sablon）等。我当时大概非常喜欢这首歌，因为我很

20

想拥有这首歌的歌词，并且成功地说服了母亲，她终于同意给我钱去买。在母亲眼里，这都是些没有用的东西，尤其是对上学没有什么帮助。另外，那年夏天还有几首流行歌曲《我小小的疯狂》和《墨西哥》，在去卢尔德旅游的路上，我曾听到那个大巴车司机哼唱过。

在那张领圣体时的照片上，我的手套下是一本由唐·加斯巴·勒凡布尔（Dom Gaspard Lefebvre-Bruges）所著的《罗马晚祷书》。书的每一页都被分成双栏，除了中间部分的弥撒常规经，书页的左边是拉丁文，右边是法文。书的开头是一部规定"1951 年至 1968 年间节日庆祝时间的教会年历（calendrier liturgique）"。奇怪的日期，这本书仿佛超越了时空，可能是几个世纪前写的。屡屡出现的那些词语，我一直不懂其含义，如：默祷经，升阶经，进阶咏之后的圣咏（我不记得自己认真地思考过这些字眼的真正含义）。翻阅着这本在我看来仿佛用谜一般的语言写成的书，我感到异常惊奇，甚至有一种不自在的感觉。我熟悉每一句祷词，以"天主羔羊"起首的弥撒祷告或是某个短祷文，我都能倒背如流，但是我不能认出那个女孩就是自己，那个每个礼拜日和节日都认真诵颂经文的女孩，可能那时我认为不祷告就是犯罪。如同照片成为我 1952 年的身体的证明，这本祈祷书几经搬家依然被保存下来并非是微不足道的，它甚至是我在宗教氛围中成长的物证，而我现在却再也感受不到这种宗教氛围了。当耳畔重新响起颂扬爱情和旅行的《古巴之旅》这首歌时，我再也感觉不到往日的不自在，两种渴望一直存在于我的生活中。甚至就在此时此刻，我还在兴高采烈地哼唱这首歌曲："我们两对少男少女，划着小木船，它的名字叫温柔的尼娜，我们一起去古巴。"

几天以来，六月的那个星期天发生的那一幕一直萦绕在我的脑海里。当我把它写下来的时候，我可以"清楚地"看见它，有颜色，有明显的形状，我可以听到声音。现在，它是灰色的，支离破碎的，无声无息的，就像在没安装解码器的电视上看加密频道的电影。现在用文字把它表述出来也丝毫不能改变它的无意义，它依然是1952年时的它，是一种疯狂和死亡的东西，我时常把它和我一生中经历的其他事件进行比较，以衡量它们的痛苦程度，但没能找到可以与它相提并论的。

我需要回过头来看看我写下的这些内容，不然就做不下去任何其他的事情，这让我意识到我正在写一本书，我冒着风险把一切都揭露出来。但是，什么也没有，只有未加工的事实。多年以来这个场景被固定住，我想使它重新动起来，以便驱散它在我内心深处所形成的阴影（是这个信念驱使我写下去，是这个信念藏在我的书的深处）。

我对心理分析和家庭心理学不抱希望，也不感兴趣，因为我可以毫不费力地得出最基本的结论：母亲专制，父亲想以谋杀行为摆脱他的从属地位，等等，简单地用"家庭创伤"或是"童年之神那天降临了"这样的词并不足以确切地解释那天的情景，只有那天我用过的那个词"倒霉"才算得上贴切。在这里，那些抽象的词汇我是理解不了的。

昨天，我去鲁昂档案馆查阅1952年的《巴黎–诺曼底日报》，这是当时报纸商的送货员每天都会带给我父母的。查那天的报纸也是我到现在一直想做而不敢做的一件事情，好像翻开六月那天的报纸真的会重新让我倒霉似的。在上楼梯的时候，我觉得自己是在赴一场可怕的约会。在市政大楼顶层的一个房间里，一位女士递给我两本黑色封面的有关 1952 年所有报纸的汇编。于是我从一月一日开始浏览。想以此推迟一下看到六月十五日的报纸，这样可以让我先看一看发生那件事之前的那些无忧无虑的日子。

在报纸头版的右上方是加布里埃尔神父（l'abbé Gabriel）的气象预报。上面写着多云，晴，大风，等等，我的精神集中不起来，这些对于我来说只不过标志着时间的前进罢了。

报纸上出现的那些事件我大部分都还记得，如印度支那战争、朝鲜战争、奥尔良骚乱、皮奈计划，等等。但我不会在 1952 年中具体找到这些事件，可能是我在生命中后来的时期记住了它们。我无法把"六辆带有塑性炸药的自行车在西贡市区爆炸"和"杜克洛（Duclos）因危害国家安全罪在弗雷斯纳被监禁"这样的标题和 1952 年的我联系起来。斯大林、丘吉尔和艾森豪威尔曾经给我的印象很鲜活，就像今天的叶利钦、克林顿或者科尔一样，但今天这些都让我感到陌生，好像我并没有经历过那段时间似的。

看着皮奈的照片，我非常惊讶于他与吉斯卡尔·德斯坦（Giscard d'Estaing）如此相像，当然不是现在已经变老的德斯坦，而是二十年前的。报纸上的"铁幕"一词使我不禁回忆起我在私立学校上学时的情景，当时女老师要求我们为身后的基督徒们数念珠做祷告，我似乎看到一群男女挤靠着一堵巨大的金属墙的景象。

然而，我还是马上认出了幽默连环画《普斯迪盖》和刊登在《法兰西晚报》最后一版的连环画很相似，那是一段有趣的故事，看着它，我在想这样的故事会不会让当时的我开心地笑："嗨，钓鱼人，鱼上钩了吗？——没有，先生，这是些鲫鱼，他们没那么坏。"报上还有当时在鲁昂各家影院上映的电影预告，如《卡普里岛的情人》（Les amants de Capri）、《我的妻子了不起》（Ma femme est formidable）等，当时这些片子要在这里上映后才到 Y 市上映。

那时，每天都有残酷可怕的社会新闻，如一个两岁的幼童在吃羊角面包时突然死亡；一位农民割草时不幸把正在玩捉迷藏而躲在麦地里的儿子的腿割断；在克雷伊（Creil）有一枚战争时期留下来的炸弹爆炸，三名儿童被炸死。那时，我就喜欢读这样的新闻。

那个时期，黄油和牛奶的价格被放在头版头条。有关农村的消息占据很大版面，如关于口蹄疫的报告，有关农业妇女情况的报道，以及兽药的广告，等等。根据关于片剂和汤剂的报道数量，我们可以推断出那时人们大概常常咳嗽并且不愿意看医生，只靠买一些药来治愈。

星期六的一期报纸上刊登着一个栏目叫《为了您，女士们》。我似乎感觉到所介绍的一些衣服的样式和我在比亚里茨的那张照片上穿的很相似。但我很确定，也有一些款式的服装，母亲和我都没有穿过，建议的各种发型也没有我在那张照片上的半拉直的盘发那一款。

我终于翻到了六月十四日星期六和十五日星期日的报纸。星期六的报纸头版刊登的是："今年的小麦收成预计要增产10%""勒芒二十四小时拉力赛没有产生明显的优胜者""在巴黎，雅克·杜克洛先生被长时间审问""经过十天的寻找，小女孩若埃勒的尸体在其父母的房子附近被发现，她是被邻居家的一个狠心女人推到路边的深沟里致死的，女邻居目前已经对她的罪行供认不讳。"

我不想再继续读下去。在下楼梯时，我意识到自己到档案馆，仿佛就是要在 1952 年的报纸上找到那个场景似的。后来，我不无惊讶地记起那天正在进行勒芒二十四小时汽车拉力赛，赛车不停地在公路上飞驰而过，发出轰轰的响声。我无法将这两个场面联系起来。因为在那个星期日世界上发生的无数个事件中，没有任何能比那个场景更能让我震惊。只有它是最真实的。

我浏览《巴黎-诺曼底日报》，面前全是一连串的各种事件、电影和商品的广告。我对这种类型的报纸也没有什么别的期待。这些材料证实了当时人们生活水平还比较低，汽车和冰箱很少，力士香皂在 1952 年还是明星们的专利，不过列举这些没有什么意思，就如同现在列举九十年代的人拥有多少电脑、微波炉和速冻食品一样没有意思。反倒是物的社会分配比物的存在本身更有意义。在1952年，有的人拥有浴室，而有的人还用不上自来水，就像今天有的人穿富基（Froggy）牌衣服，而有的人则穿阿涅斯B（Agnès B）牌的一样。由于时代的不同，报刊只提供一些当时的群体特征而已。

对我来说，重要的是能够找到我用来思考自己以及周围世界的词语，使自己意识到什么是正常的，什么是不可接受的，什么是不可想象的。但是，1995年我所是的女人无法重新变回1952年的那个女孩，那时她只熟悉她所居住的小城、她的家庭和学校，只掌握极少部分的词汇。而在她面前，是将要经历的浩瀚无边的时间。没有真正的自我记忆。

为了找到自身的真实性，我没有其他更确切的办法，只能借助于研究法规、习俗、宗教信仰以及价值观，这些东西界定了不同阶层、学校、家庭、外省，它们都对我产生过潜移默化的影响，指引过我的生活。如今，我要把构建我的那些语言、宗教词汇，以及与动作和物关联的我父母的词语公布于众，把我在《时尚回声》(*Le Petit Écho de la mode*) 和《茅屋夜谈》(*Les Veillées des chaumières*) 里所读到的小说公布于众。我要用这些词语，围绕着六月的星期日的那个场景，对我十二岁时以为自己发疯了的那个世界的文本进行分析和归纳，其中一些词语对于现在的我依然沉甸甸的。

当然，我不是在叙事，因为叙事就会产生一种真实而不是去寻找它。我也并不只满足于揭示并且转写那些记忆的画面，而是想把它们当作材料，对它们进行不同的处理，使之变得清晰。总之，做一名自己的民族学家。

（也许根本没必要说这一番话，但是如果不澄清我写作的这些条件，我无法真实地开始写作。）

　　我这样做的目的，或许是要把十二岁时的那个难以描述的场景消解于规则和语言的普遍性之中。或许，它仍旧是在祈祷书的词语和宗教仪式的词语的激发下所发生的一件疯狂和死亡的事件，至于那本祈祷书对于我已经变得模糊不清了，而那个宗教仪式与其他任何一个巫术仪式也没什么两样。请取走并阅读吧，因为这是我的身体和我为你而流淌的鲜血。

直到 1952 年六月，我还从未离开过这个模糊的但人人都心知肚明地称之为"我们那里"的地方，也就是坐落在塞纳河右岸，位于勒阿弗尔（Le Havre）和鲁昂（Rouen）之间的库沃（Caux）地区。出了这里，就意味着到了法国的甚至世界的另一端，就意味着没有任何安全保障了。当人们问起这个地区时，人们就会用手指着远处说："在那边。"人们对"那边"不感兴趣，也从未想象过是否也有人生活在"那边"。到巴黎去是难以想象的，除非是团体旅行，或是在巴黎有亲戚可以当向导。乘坐地铁似乎是件极其复杂的事，比在游乐场坐幽灵小火车还要可怕得多，人们认为需要学习很长时间并且不容易。人们普遍认为不应该去那些不认识的地方，但同时他们对于那些"哪里都敢去的人"又充满了深深的羡慕。

　　"我们那里"的两座提起来不让人那么恐惧的大城市就是勒阿弗尔和鲁昂。每家每户都谈论过它们，是人们日常的话题。许多工人在那里工作。他们早出晚归，他们都是乘"小火车"上下班的。离我们最近的城市是鲁昂，它比勒阿弗尔大。那里"应有尽有"，意思是说有大商店，有大医院，特别是有治疗各种疾病的专家。在大医院里，常有病人家属或医护人员带病人来做复杂的手术；也有来进行解毒治疗或是做电疗。此外还有好几座电影院和一座教人们学习游泳的封闭式游泳馆。十一月，那里还会举办每年一度的圣罗曼（Saint-Romain）集市，集市要持续一个月。除了那些建筑工地的工人，没有人穿平常日子里穿的衣服进城。我的母亲每年带我去一次城里，为了去看眼科医生或给我配眼镜，当然，母亲也利用这个机会给自己买些化妆品以及"在 Y 市买不到的东西"。我们在这个城市没有亲戚朋友,所以我们没有在"我们那里"的感觉。这里的人穿得比较讲究,说话更文明些。到了鲁昂,我们感到自己有些"落伍",人们的言行举止中普遍透露着智慧、富裕和现代化的气息。对我来说,鲁昂就是未来的形象之一,就像连载小说中或时尚杂志中所描绘的那样。

在 1952 年,我对 Y 市以外的世界一无所知。对于 Y 市的大街小巷、它的商店以及它的居民,我是"安妮·D"或是"小女孩 D"。对于我,不存在其他的地方,不存在另外的世界。人们谈论的话题也离不开 Y 市,总是关于他们的学校、教堂、卖新奇玩意的商店。过节,这是人们总在掂算并且盼望的。这座位于勒阿弗尔和鲁昂之间的拥有七千居民的小镇是一个狭小的世界,你几乎能够认识所有的人,能够说出他或她住在哪条街,有几个孩子,在哪里上班,甚至能说出弥撒和勒华电影院的时刻表，城里最好的糕点铺以及"手不黑"的肉店，等等。我的父母就出生在这里，我父母的父母以及他们的祖父母也出生在离这里不远的邻村。我们对这座小城，无论是从时间的角度还是从空间的角度看，都可以说是了如指掌。我能够说出五十年前我们家旁边住的邻居是谁，那时我母亲从学校放学回来时就去他们家买面包，我每天打照面的男人或女人，也许就是五十年前我父亲或我母亲在彼此相识之前，可能差点儿要娶或是要嫁的人。而对于那些"不是这里的人"，我们一无所知，不知道他们的经历，也无法查证，同样他们也不了解我们，他们中有布列塔尼人、马赛人和西班牙人。总之，所有与我们讲话不一样的人，在我们的脑子里或多或少地把他们看作外乡人。

（指出这个小城的名字——就像我原先试图做过的——是不可能的，因为它不是地图上标记的一个地理方位，只是从鲁昂开来的火车或是开车沿着15号国道去勒阿弗尔时经过的一个地方。它是没有名字的起源地，当我回到那里时，我立即被一种无精打采的状态抓住，这种状态使我失去了所有的思考，失去了几乎所有的精确的记忆，仿佛它重新要把我吞没。）

一张 1952 年 Y 市的地形图。

市中心的建筑在 1940 年德军进攻时被烧毁，之后在 1944 年又像诺曼底的其他地方一样遭到狂轰滥炸，现在，整座城市正处在重建的过程中，到处是建筑工地，但也有尚未开始建设的空地和刚刚建成的水泥板的三层小楼，底层是现代化的商店。此外，还有临时搭建的小棚和战争中未受损坏的几处古老的建筑，市政厅、勒华电影院、邮局、菜市场。教堂被烧毁了，市政广场上的一个救济大厅临时充当教堂，神职人员就在台上做弥撒，人们坐在正前方或是大厅的圆形走廊的地上。

　　用石块砌成或沥青铺成的街道环绕着市中心，大街的两侧有狭窄的人行道，人行道两旁是用砖或石头砌成的楼房，间或有几处栅栏围住的院子，院里是间隔开的私人住宅，房子的主人都是一些经纪人、医生或是经理等。几所公立学校和私立学校也坐落在市区，它们之间相距很远。虽说仍是在城里，但已不再是市中心了。住在郊区的居民，当他们要去市中心时就说"进城"或是"到Y市去"。但是哪里算中心区，哪里算郊区，地理上没有明显的界线，只是郊区的马路上没有人行道，房子也很破旧（木筋墙的房屋，最多不过有两三个房间；没有自来水，厕所在外面），有许多菜园子，除了兼卖煤和咖啡的杂货店以外，几乎没有其他的商店。不过在日常生活中大家心里还是很清楚的，市中心就是人们不能随随便便穿着布鞋或工作服去购物的地方，街区的价值随着离市中心的远近而不同。别墅在这里越来越少，而大杂院却越来越多，不仅如此，在一些更偏僻的地方，路都是土的，一下雨泥泞难走，山坡后面的农场就是地地道道的乡下了。

克罗帕尔（Clos-des-Parts）街区从市中心开始纵向延伸到加尼桥，在共和国大街和上-德-库尔斯（Champ-de-Courses）街区之间。克罗帕尔街，从勒阿弗尔路开始，穿过市中心，通向加尼桥，是这座小城的主干道。我父母的小店就坐落在大街的下端，在通向共和国大街的一条小路上，所以人们说"上城里去"。我无论是去市中心还是去私立学校时都可以走共和国大街，也可以走克罗帕尔街，因为这两条路是平行的。这里的一切都和我家的小店极不相称。宽阔的铺着沥青的共和国大街，两侧是宽阔的人行道，开往距此25公里之外的海滨的汽车、卡车奔驰而过。在路的高处矗立着几幢显眼的别墅，我们不知道什么人住在里面，甚至从来没有见过他们。附近虽有几处朝向大街的低矮的小房子，有雪铁龙汽车修理厂和自行车修理铺，但这并不能影响到这个地区的贵族气。在靠近桥的右侧，在法国国营铁路公司（S.N.C.F.）的铁轨下边有两处水坑，其中一个里面的水是黑水，另一个里面的水由于布满青苔而呈绿色，两个水坑之间由一条羊肠小道隔开。它们被称作铁道坑，是 Y 市的死亡坑，因为来自城市另一头的妇女，寻死就来这里跳坑。由于有一个长满茂密丛林的山坡将这个大坑遮蔽，人们从共和国大街看不到它，好像它不属于这个地区的一部分。

克罗帕尔街很狭窄，不规则，两侧没有人行道，路面起伏不平，弯弯曲曲，来往的车辆和行人不多，只有少数的工人骑自行车晚上去勒阿弗尔路时经过此处。下午，这里一片寂静，仿佛到了乡下一般。只有少数几幢工厂主的别墅，其他的地方全部是工人和职员居住的低矮潮湿的小房子。克罗帕尔街与四条弯弯曲曲的、连汽车都开不进去的狭窄的小路相通，连接着上-德-库尔斯街区，这个区一直延伸到收容所旁的赛马场。这是一个阴暗的街区，老房子前带有扎着篱笆的小院和菜园子。住在这些房子里的人，他们的"经济实力"比较差，大部分是一些多子女家庭或老年人家庭。从共和国大街到上-德-库尔斯街区只有不到三百米的地方，我们就可以看到从富有到贫穷，从城市化到乡村化，从宽阔到狭窄，从受到保护的、我们对其一无所知的富人到那些我们不知道每月领多少补助金、吃喝的是什么、几点钟睡觉的穷人。

（第一次描述我童年时期经常经过但却从未思考过的街道，我必须要遵循"准确"这一原则，让读者通过我的描述来了解当时社会各阶层的生活状况。我觉得自己这样做几乎是一种亵渎行为。回忆童年的往事，总是要用一些印象、颜色、画面来描绘［艾德琳别墅！蓝色的藤萝！上-德-库尔斯街区的灌木丛！］，而我却使用这样沉重的令人沮丧的笔调来写。可是记忆本身的真实性不容我篡改：在 1952 年，我只要一看到坐落在草坪中、环绕着碎石车道的小楼，我立刻就会明白，它们的主人绝对和我们不一样。)

"我们那里"还表示：

1. 我们居住的那个区。

2. 当然也包含我父母的那间房子和他们的买卖。

我父母的咖啡杂货店就坐落在一片低矮的旧平房中间，房子用黄褐色的木筋架子支撑，两侧挨着一处砖砌的二层建筑，前面是一块空地连接着共和国大街和克罗帕尔街。我们就住在朝向这条街的一面，一位老园丁被允许每天从我们的院子里穿过。杂货店占据了新的砖墙部分，上方有一间卧室，杂货店的大门以及店面朝向克罗帕尔街，另一个店面则朝向一个院子，要进入咖啡馆，进入乡下部分，必须要穿过那里。杂货店旁连着四间屋子：厨房、咖啡馆、地窖和一个经过改造的被称作"里面的屋子"。这几个房间都是相通的，都朝向院子（只有厨房除外，它嵌在杂货店和咖啡馆之间）。底层的每一间屋子都被作为公用，甚至厨房也经常被顾客当作从杂货店到咖啡馆的甬道。咖啡馆和厨房之间没有门，便于我父母与顾客交流，也方便顾客听收音机。厨房内有个楼梯通向一间有复式屋顶的小屋，它连着左边的卧室和右边的阁楼。在这个房间里有我和母亲专用的马桶，父亲只在晚上才用（白天，他像顾客们那样在院子里的小便处方便，就是用木板扎成的马桶）。花园里的厕所我们只有在夏天时才用，而顾客是常年用的，不过当天气好时我到外边玩，或是在楼梯的高处、在灯下写作业或看书时也用。在那里，透过铁栏杆，什么我都看得很清楚，而且还不被人发现。

在居住的房子与做买卖用的房子之间的小院子就像是一条宽宽的小路。院子的地面是泥土的。在这些的后面，有一个小棚、一个水房、一个厕所、一个鸡窝，还有一小块空地用来种些花草。

（五月初六月末的一个晚上，在那件事发生之前，我就在这里。我写完作业，感觉到处弥漫着温馨的空气，我对未来充满信心。就像我在房间里大声唱着《墨西哥》和《古巴之旅》时一样，这让我对未来的生活充满憧憬。）

当我们从城里回来时，看到杂货店在大街上显得稍微有点外突的时候，母亲说："我们到城堡了。"（自豪中夹杂着自嘲。）

商店常年都是早上七点开门，一直到晚上九点才关门，中午不休息，只有杂货店星期天下午要关门，咖啡馆在晚上六点重新开门营业。顾客们的来来往往，他们的生活方式和工作时间支配着我们的作息时间，男性左右着咖啡馆，而食品杂货店则受女性左右。白天经过一上午的喧嚣之后，到了下午才得以安静一会儿。我母亲就利用这一时间收拾床铺、做祷告、缝纽扣等，而父亲则出去到附近我们租来的菜园里种蔬菜。

我父母的顾客大多是克罗帕尔街和共和国大街的住户，还有上-德-库尔斯街区的居民，以及铁道以外的半工业、半农业的街区。那个地区的名字叫高尔德里（Corderie*），是以我父母年轻时工作过的工厂命名的，战后，工厂被一个服装厂和一个生产鸟笼的作坊所取代。在工厂后边有一条与铁路平行的小路，它一直延伸到一块平地，那里堆满了用来制作鸟笼的木头台子。这里是整个家族的街区：母亲从少年时起就住在这里，一直到结婚。她的一个兄弟、两个姐姐和她的母亲一直都还住在这里，我的外祖母和一个姨妈以及姨妈的丈夫的住房是原来缆绳厂的食堂和更衣室改造的：一共有五个房间，由于年久失修地面都活动了，踩到上面便会发出响声，不通电。新年第一天，全家人都聚集在我外祖母的房间，大人们围着桌子喝酒唱

---

* 即缆绳厂的意思。——译注

歌，孩子们靠着墙在床上坐着。小时候，每到礼拜日，我母亲就带我去外祖母家向她问安，然后我们便去约瑟夫舅舅家，我和我的表姐妹们到一个大木头台子上玩跷跷板，或者向正在往勒阿弗尔驶去的火车挥手，或者捉弄我们遇到的男孩子。从1952年起，我们去的次数就越来越少了。

从市中心下到克罗帕尔再到高尔德里，就等于从一个讲标准法语的地方滑落到一个法语讲得很不好的地方，也就是说，那里的人讲法语都夹杂着方言土语，因年龄、职业和地位提升的欲望的不同，夹杂的比例也不同。比如像我外祖母那一辈的老人几乎是一口地道的方言土语，而那些办公室女孩只讲少量的方言，但她们的语调当然还是土里土气的。大家也都一致认为方言土语很难听，很不时髦，甚至那些天天讲的人也这样认为。他们自我安慰说："我们知道应该讲标准的法语，但是说的时候就是不如方言土语来得顺嘴。"讲好法语需要付出努力，抛开已到嘴边的词去寻找另一个合适的词，同时语调要轻，还需要特别小心翼翼，这样说话对他们来讲就像操作复杂的机器一样。大部分人并不认为"讲标准法语"有多么重要，只有青年人认为有必要。我父亲常犯动词变位的错误，说"我有"（j'avions）、我在（j'étions）。*当我给他纠正时，他便很不好意思地一个音节、一个音节地说"我们有"（nous avions），并且每次都要补充，"如果你愿意的话"，好像用这种方式来表明是否能讲好法语对他来说是无所谓的事情。

在 1952 年，我可以写"标准法语"了，但在说的时候我有时还是会说错，如："你从哪里来？"（d'où que tu reviens）这句话。在说"我洗脸"时，还是像我

<hr>

* j'avions、j'étions 都是语法错误，混淆了第一人称"我"与第一人称复数"我们"的动词变位。——译注

父母那样爱用土语"Je me débarbouille"而不是"je me lave"，因为我和他们生活在同一个惯例的世界。这个世界也界定了一些动作：坐下，放声大笑，伸手抓东西，以及让某人干什么时说话用的词等。那时，人们养成的生活习惯是：

不要浪费食物，要尽可能地把盘子里的东西吃干净。比如：要准备些小面包块放在盘子边以备吃完菜抹剩汤用；吃热菜泥时要从盘边吃或是吹一吹；喝汤时将盘子稍微倾斜一点以便用勺子将最后一口汤盛出来，或者是用两手端起盘子将汤吸到嘴里；喝水时要先将嘴里的东西咽下去等。

既要讲卫生又不能用太多的水。洗脸，洗手，刷牙，使用同一盆水，要是在夏天还要用来洗小腿，因为夏天小腿也很脏。衣服脏得不明显就继续穿。

屠宰和收拾家禽时动作要准。在宰兔子之前要在兔子的耳根使劲给一拳；杀鸡时，把鸡夹在两腿中间，用张开的剪刀一下子刺进鸡的脖子里；宰鸭时，要用锋利的砍柴刀将按在砧板上的鸭头一下子剁下来。

不吱声地表现出不屑：耸耸肩，转身并用力拍打一下自己的屁股。

男女的日常习惯动作也有区别。

女人们常把电熨斗拿到面颊旁试试热度，四肢着地擦地板，或是两腿岔开给兔子喂食，晚上闻一下袜子和内裤，等等。男人的习惯动作则是在握紧铁锹之前先朝手心里吐口唾沫，在耳朵上夹着一支烟，跨坐在椅子上，把小刀使劲合上放在衣兜里。

客套用语有："很高兴！请坐吧，不会跟您多收钱。"那时还有一些句子神秘地把人的身体和人的未来联系在一起：许个愿，你会得到爱情；我的左耳鸣，会有人说我的好话。当然，还有与自然联系在一起的：我的鸡眼疼，明天肯定要下雨。

有对孩子善意的或严厉的批评：看我把你耳朵割

下来；快下来，否则我给你一巴掌。

用一些玩笑来驱散温柔的情感表达：享受你的青春，我的已经逝去了；抚摸狗会传给你虱子，等等。

由于战后的拆改和重建，到处尘土飞扬。电影都是黑白的。学生上课用的课本也是白纸黑字。人们穿的羊皮上衣和外套也都是深颜色的。我看到的1952年的世界都是灰蒙蒙的，就像古老的东欧国家。但是大街上也可以看到玫瑰、铁线莲以及紫藤。它们都是从一些富人家的栅栏里长出来的。大街上偶尔也有人穿着蓝色的连衣裙，裙上印着红花。我母亲就穿过这样的裙子。咖啡馆的墙装饰着粉红色的花壁纸。星期日的场景总是阳光明媚。但这只是一个仪式性的、沉默的世界，其嘈杂声被隔绝，那些所有人都熟知的动作和行为言说着时间和季节。提醒老人们该起床或是睡觉的养老院的钟声，纺织厂的报警器声，菜市场的汽车喇叭声，犬吠声，以及春天用铁锹在田间挖土的沉闷的响声。

　　一周里的几天都按照集体和家庭的习惯、电台的节目分为各种不同的日子。星期一，沉闷无生气的日子，就吃前一天的剩饭剩菜，听卢森堡广播电台的公众评选赛节目。星期二，是洗衣服和看《一日王后》的日子。星期三，集市交易日和勒华电影院即将上映的电影的海报张贴日，看《退出还是犹豫》。星期四，休假日，《莉赛特》杂志上市。星期五，吃鱼的日子。星期六，大扫除，洗头发。星期日，做弥撒的日子，这是组织安排他人的主要仪式，换上礼拜服和全新的装扮，有糕点师的蛋糕和"小小的意外"，有应尽的义务，也有很多乐趣。

　　一周的每天晚上，七点二十分，看《杜拉登一家》。

　　同样，人的一生也是以"到了……的年龄"而进行分期的。到了初领圣体并得到一块表的年龄，到了女孩们第一次烫头发、男孩们拥有第一套西装的年龄。

到了来月经并有权利穿长筒袜的年龄。

到了在家宴上饮酒，有权利吸烟，当别人说下流话时也不用避开的年龄。

到了工作并参加舞会，去"约会女人"的年龄。

到了服兵役的年龄。

到了看色情片的年龄。

到了结婚生子的年龄。

到了穿丧服的年龄。

到了退休的年龄。

到了死亡的年龄。

在这里，没有人思考什么，一切都顺其自然地完成。

人们并没有停止回忆。"战前"和"战争期间"总是持续不断地开启人们的话题。每一次的家庭聚会或朋友相聚，总要谈起法军的溃败、德军占领期，以及空袭等。每个人似乎都参与了重大史诗的重建，绘声绘色地描述着自己所遭遇的那些可怕的场面和内心的恐惧，不由自主地又想起 1942 年冬天的严寒、大头菜、空袭警报，模仿空中 V2 火箭的呼啸声。提起这些事，人们总可以尽情地说，尽情地抒发自己的感情，最终总是以"下次再有战争，我就躲在家里"或是"再也不能有战争了"作为结束语。咖啡馆里的争论经常是在 1914 年战争中的毒气受害者和 1935—1945 年战争中的战俘两者之间展开的。

然而，人们也不断地谈到进步，进步就像一股不可抗拒的力量，对于这股进步的潮流，人们不能也不应该去阻挡。进步创造的新鲜事物层出不穷：塑料、尼龙长筒袜、圆珠笔、Vespa 踏板摩托车、袋装速食汤，以及全民义务教育。

我十二岁时就生活在这样一个法律和规则的世界里，因此我也不可能想象地球上还会有其他不同的世界。

教育和惩罚那些被认为天性就坏的孩子，成了优秀父母们的责任。从打一巴掌到体罚都被认为是天经地义的事情。这不会被认为是家长过于严厉或是虐待孩子，只要家长在外人不在时尽情地宠爱孩子并且别过于溺爱就可以了。在指出孩子犯的错误以及对他们做出惩罚之后，父母最后总会留下一句话："我真想把他掐死！"这时家长觉得自己做得很对，他会感到很自豪，因为他一方面可以按正确的方法惩罚孩子，另一方面也将自己过激的怒火控制在一定限度之内。正是因为害怕把我掐死，我的父亲总是拒绝对我动手，甚至拒绝训斥我，他把这个任务留给我的母亲。邋遢鬼！讨厌鬼！生活会教训你的！

人们彼此观察着，监视着。了解别人的私生活是至关重要的，一方面是需要有说三道四的素材或隐藏自己的生活，另一方面要避免自己的生活走弯路。所以他们一方面想方设法套别人的话，同时又不能让别人套走自己的话，只"说自己想要透露出来的"，这可真得费心费力了。人们最喜欢的休闲活动就是互相打照面。在电影院的出口，在火车站的到达出口，在晚上，在车站。一旦有人聚在一起，马上就会引来更多的人。集会后的火炬游行，自行车大赛经过这里，这都是一个让大家聚会的机会，与其说人们来这里是为了看热闹，不如说是为了彼此相聚，以便今后谈话时就可以说那天他也在场或是和谁站在一起。人们彼此间相互观察着对方的举止，分析对方的行为，哪怕是极其微不足道的隐秘之处也不会放过，之后便把这些细微之处加以积累、整理然后就构成了谈论其他人的资本。这简直就像一本小说的集体创作者，每个人作出一份贡献，或添上一个细节，或添上一个段落。到底添什么，一般来讲，取决于聚在商店或在餐桌前的是什么人。总之，对每个人都可以概括地说："他是个好人"或者"这人真不怎么样"。

人们闲聊时要将人的行为举止进行分类评判：他们认为人的行为有好有坏，有的是被人们允许的，甚至可以被推广，有的则让人不能容忍，比如：离婚，信共产主义，通奸，女人喝酒，女人堕胎，解放时女人被剃过光头，女人不顾家等，对这些行为就要鞭挞，并且决不手软。那时，能够被人们稍微容忍的情况有：女人未婚先孕，男人在咖啡馆里消遣（但消遣也只是孩子们和青少年的专利），以及一般的男性行为。人们称赞工作中不怕吃苦的人，这样至少可以弥补这些人身上的其他不足之处："他虽然爱喝两口，但他不懒惰。"当时，身体好被认为是个优点。一旦人说"她身体不好"，这句话既是一种怜悯，同时也是一种指责。

总之，患病虽没办法被认为是错误的，可至少被认为是面对命运的一种束手无策。一般来讲，人们很难给予他人完全合理的患病的权利，总是猜测对方过分在意自己的健康。

在人们讲述什么的时候，夸大其词这在当时是很自然的事情，甚至被认为是很有必要的，这是为了预防不幸的再度发生，然而能否真的预防还是值得怀疑的，如：疾病或者意外。人们用细节固定住他们无法摆脱的画面。"她屁股下面坐了两条蝮蛇"，"他脑袋里有根骨头腐烂了"。人们总是强调突然到来的恐惧而不是预期的快乐，在孩子们安静地玩着一个发亮的东西时说那是个炸弹，等等。

这里的人们特别容易被感动，容易受影响，表现出惊讶和好奇。最喜欢提前说一句："我可没觉得怎样。"

在这里，衡量一个人的价值主要根据他的交际能力。人必须简单、坦诚和有礼貌。捣蛋的儿童、难相处的工人，他们都破坏了正确地与人交流的规矩。自寻孤独更是被人瞧不上，被看作一名"孤僻的人"（Ours）。想要单身生活，尤其是那些大龄未婚男女，不与外人讲话，被看作在拒绝完成某种属于人类尊严的应该做的事情，"他们过着野人般的生活！"这同时也公开地表明他们是不关心人类生活中最有趣的那个部分——别人的生活。所以，这些人便被视作生活中的另类。但是，如果你每天都去邻居家或是朋友家串门，每天都粘在这家或那家，也是不可取的：缺乏自尊心。

礼貌是高于一切的价值，是社会评价的第一准则。懂礼貌主要表现在如下方面：

还礼，比如别人邀请你吃一顿饭，别人送你一个礼物等，你都要找一个恰当的时机还礼。新年的祝福一定要严格遵守长幼辈分的规矩。不要打扰别人。不要没收到邀请就去别人家里拜访，并直接向人提出问题。不要拒绝别人的邀请，不要拒绝递过来的饼干，等等。懂礼貌可以使得你能够与人和睦相处，不会留给别人私下议论你的话柄。当你走在公共的大院时，不要朝人家的屋子里看，这并不是意味着你不想偷看，而是说不能让人家发现你在偷看。在大街上与人打招呼问好，打招呼的方式、表情，握手的方式、力度，交谈的语言、词汇，这些细枝末节都会被看得很重，并会引起揣测：他可能没看见我，他大概很忙。但是，人们不会原谅那些眼里没有人、藐视别人存在的人。

家是避风港。在夫妻之间，在家长与孩子之间，是没有必要讲这些礼貌的，那样的礼貌、客套反而被视作虚伪和恶意。在家庭成员的交谈中，粗暴、恼怒、喊叫构成了正常的家庭沟通方式。

与所有人一样是人们普遍追求的理想目标。标新立异被视为古怪，甚至会被视为脑子进水。这里所有的狗都叫米凯或鲍比。

我们开着一家咖啡食品杂货店，就像建立了一个小社会，我们叫得出每一位顾客的名字。顾客们看着我们吃饭，做弥撒，上学，听得到我们在厨房的角落里洗澡，往马桶里撒尿。由于我们的生活几乎是公开的，这就要求我们的举止行为更加得体（不能骂街，不能说粗话，不能说别人的坏话），我们的喜怒哀乐都不能表现出来，要将所有可能会引发别人羡慕和好奇或可以被传播的事情隐藏起来。我们知道顾客们许多的事情，如他们的薪水、他们生活的方式，但绝不能让他们知道我们的事情，或者让他们知道得越少越好。谈论我们花多少钱买了一双鞋，抱怨肚子痛，或者列举自己在学校取得的好成绩，这些在人们面前都是不可以的。所以我们习惯了一旦有顾客进来，便赶忙用抹布将糕点盖上，或者把酒藏到桌子底下。要吵架也要等客人走了以后再吵，"否则，人家怎么看我们呢？"

在做买卖的规范准则中，涉及我的有如下几条：

我每次进入或者路过杂货店或咖啡馆时，要大声地、清楚地向顾客问好。

无论在什么地方遇到我们的顾客，我都要第一个向他们问好。

不要跟外人讲我知道的关于顾客的任何事情，不能说顾客的或其他商家的坏话。

永远不能泄露我家一天的收入总额。

不要自傲，卖弄。

这些准则必须严守，一旦有误，其代价我是领教过的："你会让我们失去顾客。"结果就是"我们家破产"。

把我十二年所生活的世界的准则暴露出来，使我忽然有种说不清的沉重感，好似被封闭起来，又好像在梦里那样。我能够重新找回的词是模糊的，是一些难以移动的石头。这些词没有准确的形象，甚至缺乏像词典里所能为我解释的含义。没有超越性，也没有梦的缠绕，像物质一样。但这些常用的词汇和我童年时代的物和人都不可分割地联系在一起，让我无法灵活地运用它们。一些法律表格。

（1952年那些能让我产生幻想的词是：戈尔孔德的王后、黄昏下的林荫大道、冰激凌、潘帕斯，当然这些词后来就再也没有什么分量了，以前它们曾保持着它们的轻盈、它们的异国情调，因为它们所指涉的是一些不为所知的事物。女性小说中近乎疯狂地使用那么多的形容词，如一种轻蔑的、阴郁的、高傲的、冷嘲热讽的、尖酸的语气，我想不出现实生活中我周围的人有哪一个可以用上这样的词汇来形容。我觉得我一直在寻找用这种当时很物质化的语言来写作，而不是用当时我没有也不可能有的词汇来写。我永远也不会领略到运用比喻的神奇和运用文体修辞的喜悦了。）

　　我几乎找不到用来表达情感的词汇。如果希望破灭就说"我上当了"，要是不高兴就说"我不开心"，要是很遗憾在盘子里剩了点心或者失去了未婚夫就说"我很难过"，以及"倒霉"这个表述。表达情感的语言是路易·马利亚诺和蒂诺·罗西歌曲中的用语，是德里（Delly）的小说中的用语，是《时尚回声》里的连载小说和《绽放的人生》*（*La Vie en fleurs*）中的用语。

---

* 法国著名作家、1921年诺贝尔文学奖得主阿纳托尔·法朗士的作品。——译注

现在，我将重构天主教私立学校的生活世界，因为我在那里度过的时间最长，它对我生活的影响也最大，它将两个绝对命令和两种精神理念紧密地联系在一起：宗教和知识。

我是这个家族中唯一上私立学校的人，我在 Y 市的表兄妹全都上的公立学校，和街区的女孩们一样，除了两三名年龄稍大的。

寄宿学校暗红色的砖墙主楼就坐落在 Y 市中心地段一条僻静的大街上。它的对面是一片不透光的仓库，大概属于邮电局。学校的底层没有窗户，只是在墙壁的高处有几处透光用的圆形豁口和两扇经常关闭的大门。其中一扇门供学生出入，通向学校的一个封闭的、光秃秃的院子，从这里人们可以进入小教堂。另一扇门离前一扇较远，平时禁止学生走，人们必须按门铃，随后有一位修女就会带你去一个小厅，小厅的后面就是校长办公室和会客室。二楼的每间教室都有窗户。三楼的窗户和屋顶的天窗都挂着白色的不透明的窗帘。学生宿舍就在那里。无论谁都不能透过窗户向外看。

公立学校离市中心稍远些，人们可以看见学生们在一个巨大的院子里玩耍，而教会学校则相反，在栅栏后面，学校里的任何情况从外面都是看不到的。学校里有两个供学生课间活动的院子，其中一个有高墙围着，同时也被一棵大树的茂盛的枝叶遮挡，非常阴暗。这个院子是给那些属于"免费学校"部的少数学生用的，这些学生是由市政府旁边福利院的孤儿们和一些家长付不起学费的女生们组成的。她们只有一名老师，从小学一年级一直教到六年级，其实她们中间很少有人能够考上初中，于是就直接进了"家务学习班"。另一个院子，宽敞明亮，阳光灿烂，这是供有钱的寄宿生用的，她们都是商人、手工业者或是农场主的女儿。大院子通向食堂和去二楼教室的走廊。院子的一边是带有彩绘玻璃窗的教堂，另一边是一堵高墙，在墙边是厕所，隔壁就是免费学校。在院子的尽头，与寄宿学校主楼并排的是一排茂密的椴树。低年级的女生在树下玩盖房子游戏，高年级的女生在这里复习功课。小路的后面是一个花园，里面种着高大的果树，树高得像一堵墙，遮天蔽日，除非是冬天，否则看不到花园的尽头。两座院落之间由一个没有门的开口连接。免费学校的二十来名学生和寄宿学校的一百五十至二百名学生只有在节日的时候或庄严的圣餐仪式时才能碰面，她们彼此之间不说话。寄宿学校的学生凭衣服就可以看出哪些是免费学校的学生，因为那些女孩有时穿的往往就是她们自己以前穿过的衣服，这些衣服被她们的父母提供给了有需要的女孩们。

唯一有权进入并可以在私立学校里穿行的男人，只有神父和园丁，后者被限制在地下室或花园里活动。需要工人在场的施工，都要等到放暑假才进行。学校的校长和绝大部分的教师都是修女，她们穿着世俗服装，颜色有黑色、海蓝色和褐色。她们让学生称她们为"小姐"，其余的女教师都是一些漂亮的单身女子，属于城市里的商业名流资产阶级。

必须严格遵守的纪律如下：

第一遍铃响后，必须到院子里站好队，打铃的工作是由女教师轮流负责的。五分钟后，第二遍铃声响起，我们安静地走进教室。

不许用手摸楼梯的栏杆。

当老师、神父或校长走进教室时，学生必须起立，要一直站到她走后或者在她做出让学生坐下的手势时为止。老师准备走时，学生们要抢先为其开门，待老师出门后再把门关上。

学生和老师讲话时，或在老师面前经过时必须要低头，眼睛向下看，身子半倾着，像在教堂面对圣人一样。

禁止所有非寄宿生到宿舍去，白天时，寄宿生也不能进宿舍。宿舍是学校里管理最严格的地方。我在整个上学期间从未进过学生宿舍。

除非有医生证明，否则严禁非课间休息时间上厕所。（1952年复活节开学那天下午，我刚一开始上课便想上厕所。我就忍着，结果憋得浑身出汗，几乎昏过去，就这样一直憋到下课，差点儿没尿湿了裤子。）

教育和宗教无论是在空间上还是在时间上都是不分开的。除了课间供学生玩耍的院子和办公室，其他一切地方都是祷告的场所。小教堂是当然的了，还有教室，在教师讲台的墙上挂着十字架，在食堂和花园里，五月份我们在石座的圣母像前用念珠祷告，圣像安放在叶饰的洞穴深处，模仿卢尔德市的那样。学校的一切活动都要以祷告开始，再以祷告结束。学生们在长椅后面站着，低着头，双手合十祷告，开始和结束时还要画十字[*]。最长的祷告是上午刚上课时和下午刚上课时的。早上八点半，上帝，圣母玛利亚，我向您致敬，我相信万能的上帝，我向您忏悔。有时，噢，虔诚的圣母玛利亚，拯救我们吧。下午一点半，玛利亚，我向您致意。在上午、下午放学和大课间后常以唱圣歌代替祷告。而住宿生从起床到睡觉，有权利做双倍的祷告。

祷告是生活中最基础的活动，它是拯救个人乃至整个人类的良方。一个人想要自我完善，想要远离各种诱惑，想要在学业上成功，想要治好病，想要赎罪，就必须要祷告。从小学一年级开始，每天早晨都要上教理问答课。学生的成绩单上，教理问答课程的成绩

---

[*] 做法是将右手触碰头部，然后到胸部、左肩和右肩，最好是用带念珠的十字架，最后亲吻一下它。——原注

排在首位。从清晨一起床，我们将整个白天献给上帝，接下来我们所进行的各种活动都围绕着上帝进行，生活的目标永远是"感恩"。

每个星期六上午，高年级的一个女生到各班去收忏悔单（一张纸，上面写着学生本人的姓名和所在的班级）。到了下午是非常严格的系列活动：刚刚向神父忏悔过的女生从这位神父手里接过一张写有另一个女生名字的纸条，纸条上的这个女生就是神父要接待的下一个人。于是，这个女生就把那张纸条送到该生所在的班上，并大声宣读。被叫到的女生站起来去教堂见神父，就这样一个接一个地传下去。学生们参加各种宗教活动，忏悔，领圣体，好像这些活动比知识更重要。"我们有可能每一个科目都拿十分，但却不能让上帝喜悦。"每一个学期期末，本堂神父由校长陪同宣布学生成绩排名单和优秀学生名单，同时为优秀生颁发大张的圣像画，其他学生每个人只有一张小的，神父要在画的背面签上名字和日期。

学校的时间被纳入另一种时间，即做弥撒和《福音书》里的时间，后者决定了日常宗教教育这个主题，其性质优先于具体决定。耶稣降临节、圣诞节期间：马槽和几个雕像摆放在教室靠窗户的地方，一直摆放到圣腊节。还有封斋期间，分成七旬主日，六旬主日，等等。再有，复活节、耶稣升天节和圣灵降临节期间，年复一年，日复一日，私立学校使我们重新经历着相同的历史，使我们与那些看不见的却又无所不在的、无生也无死的神熟之又熟，我们对那些天使、圣母、圣婴的了解比对我们自己的祖辈们还要清楚。

（我现在依然能够说出并描述学校当时的种种规定，好像它们至今依然一成不变，与我十二岁时没有变化似的。随着我回溯那个世界，制度的严密与强力令我恐惧。然而我还是感激曾在那里安静地生活过，没有任何其他的欲望。因为那些规定消失于美食的味道中，楼梯间柔和的烛光中，课间休息时的嬉笑声中，以及一节特别的钢琴课的音阶依然能够打破死气沉沉。

我不得不承认：直到成年之前，没有任何事情可以改变我对上帝的信仰，对我来说，天主教是唯一的真理。现在，我能够阅读《存在与虚无》，觉得在《查理周刊》中让-保罗二世被称为"波兰的使者"很滑稽。自从我初领圣体以来我禁不住认为，在1952年的一天我简直就是犯了死罪，因为我用舌尖把下咽时粘在上颚的圣饼一点点地弄碎。那时我深信自己损毁和亵渎了上帝的身体。宗教信仰是我当时生存的形式。信和不得不信，没有什么区别。）

我们生活在一个真理的世界、一个完美的世界、一个光明的世界。而另一群人，那些从不做弥撒，从不做祷告的人，他们生活在一个谬误的世界，那个世界的名字即使偶尔被提起，也被认为是亵渎神明的，是一种令人厌恶的东西：即世俗学校。"世俗"（Laïc）这个词对于我来说没有确切的含意，我隐隐约约感觉它就是"坏"的同义词。学校所做的一切努力都是为了让我们的世界远离另一个世界。"食堂"（cantine）在我们那里必须称为餐厅（réfectoire）。大衣架（portemanteau）要称为"挂衣钩"（patère）。"同学"和"老师"这些词也透着世俗的色彩，所以称"我的女伴"（mes compagnes）和"小姐"（mademoiselle）更合适，称女校长为"我亲爱的嬷嬷"！没有任何一位教师用"你"来称呼学生，即便在幼儿班对一个只有五岁的小孩子，也要用"您"来称呼。

私立学校与另一种学校的区别还在于节日的数量非常多。一年里，为庆祝各种节日准备演出就占去很大一部分时间。圣诞节时，在学校操场上为同学们举办一场大型的演出，在一月的两个星期日还要为家长再演一遍。四月份，要庆祝古人节，学校在市内的影剧院连续组织好几场演出。六月份，还要在鲁昂举办活动，庆祝基督教学校的青年节。

最知名的要数七月初的堂区的主保瞻礼节的庆祝活动了，全体学生穿着各式各样的主题服装走在前面，在市内各街道游行。学生们装扮成花神、骑兵，还有的装扮成古代妇女，载歌载舞，在道路两旁的人群面前私立学校出尽了风头，展现着想象力，与穿着紧身的运动衫的公立学校相比高级很多。节日活动使私立学校展示出绝对的优势。

在准备节目时，一切平时被禁止的活动都被允许了。如，进城去买布料或朝各家的信箱投邀请信，在上课过程中排练节目，等等。学校平时一向禁止学生只穿裤子而不套裙子，然而在舞台上，低年级的女生穿着芭蕾舞短裙，裸露着大腿，高年级的女生穿着吊带衫，裸露着腋毛。由女生装扮成的男生，吻着女孩的手并发出求爱宣言，男性性器官晃动着，使人感到不安。

在1951年的圣诞晚会上，我扮演"拉罗谢尔的女儿"。与两三名同学一起，手里拿着个小船模型，静止地站在舞台上，面对观众唱歌。本来我是要扮演一名"从战场上凯旋的青年鼓手"，可是负责排练的修女嫌我不会走正步就让我下来了。在1952年四月古人节的庆典上，我扮演希腊画中为一个早逝的年轻女子持祭品的角色。我弯着腰，双手张开着，整个身子的重量全压在一条向前伸出去的腿上。那种感受如同受酷刑一样，那时我担心自己随时会倒在台上，那种感觉到现在依然还萦绕在我的脑海里。之所以扮演这两个静止的角色，大概是因为我不够优雅，照片就是佐证。

一切对这个世界有益的都可以得到鼓励，一切对其有威胁的都会被揭露和批判。受到鼓励的行动有：

课间休息时到小教堂去。

到七岁时便自己主动去领圣体，而不是像非教会学校的女孩们那样等到庄严的领圣体仪式。

加入"十字军"，一个以劝人们信教为己任的组织，它代表着宗教式完美的最高境界。

念珠不离衣兜。

购买《强健的灵魂》(*Âmes vaillantes*) 杂志。

拥有唐·勒菲弗尔的《罗马晚祷经》。

报告自己"每晚与家人共同祷告"的情况，并且表明愿意成为宗教人士。

不受学校欢迎的行为有：

除了宗教著作和《强健的灵魂》之外，把其他书和杂志带到学校。阅读"不好的书"是对宗教产生怀疑的根源。就学校如此惧怕以及它所采取的措施的情况看，这些"坏书"在学生们中间存在的数量远比"好书"的数量多。颁奖仪式上分发的那些由市里的天主教书商提供的图书，并不是为了让学生阅读，而是为了展示一下罢了。它们具有教化的意义。《给孩子们讲的圣经》《拉特·德·达西尼将军》《爱莲娜·布歇》，我现在还记得其中几本的书名。

与非教会学校的学生交往。

除了学校放映的电影场次（《圣女贞德》《樊尚先生》《阿尔的教士》），到电影院看其他电影。教堂的门上张贴着一张表，上面是由天主教部门根据其危害程度所列出的影片名单。无论哪个女生，如果在电影散场时被当场发现，就会有被开除的危险。

阅读图像小说，或在星期日的下午到波特的礼堂参加公共舞会，这都是不可想象的事情。

但是，那时的我从来没有被强迫命令的感觉。条例的约束是以一种温和的、家庭的方式进行的，比如，与"小姐"在楼间走廊相遇时她们脸上所流露的赞许的微笑，以及我们以敬重的态度向其问候。

在市中心的大街小巷，学生家长们警惕地观察着学生们的一切表现：包括衣着服饰，以及学生们的交友往来。家长们的评价确立了私立学校的优秀，有助于人们对学校的选择。说"我的女儿将要去寄宿学校"和简单地说"我的女儿在上学"是不同的。这会让人立刻意识到两者的区别：一个属于单一的、特殊的阶层，另一个则属于大杂烩的圈子；一个很早就为将来的社会抱负做出选择，而另一个只是服从义务教育罢了。

当然，在这里要说明，在私立寄宿学校里不分穷人和富人，大家都是天主教大家庭的一员。

（"私"这个词总是与缺乏、害怕、封闭联系在一起。在"私生活"这个词中也一样。写作是一件公开的事情。）

在这个优越的环境里，我的表现被公认为是优秀的，我享受着学校第一名学生所拥有的自由和特权。先于别人回答问题，被点名为别人讲解难题，朗读文章，因为在班里我是最懂音调的学生。其实，在学习上我根本不算专心也不算勤奋，常常到该交作业的时候才匆匆忙忙地写完。我大声聊天，说长道短，假装纪律涣散，其实我并不是那样的学生，这样做只不过是为了不因为我的成绩优异而与别人产生距离。

在 1951 年至 1952 年间，我上七年级——课程相当于公立学校的小学二年级——我的老师是 L 小姐，她的严厉是我们早在她没有教我们的时候就已经领教过的。在八年级时，我们常隔着墙板听到她在大声吼叫并用戒尺使劲敲击着办公桌，可能是因为她的嗓门大的缘故，每天中午和晚上放学时，她都在校门口负责叫坐在操场凳子上的低年级学生的名字，然后由在大街上等待的家长们领走。L 小姐个子很矮——年初的时候我就已经比她高了——胸部扁平，灰色的头发梳成发髻，圆脸上戴着一副宽大镜片的眼镜，看上去眼睛大得可怕，看不出她实际的年龄有多大。她像所有着便装的修女一样，冬天她穿着一件蓝黑条纹的短披肩。在上课不需要书写时，她便严厉地要求我们坐直，手放在背后，眼睛向前看。她总是用留级来威胁我们。要是我们做不出来她出的题，她就不让我们放学。只有当讲上帝的故事、殉难者和圣人们的故事时才能让她舒缓一下，让她激动得热泪盈眶。其他的课，如拼写课、历史课、算术课，她都是非常严厉和没有人情味的。为了在由主教亲自主考的教区统考——相当于公立学校六年级的升学考试——中获得好成绩，每个学生都必须勤奋学习。家长们都怕这位老师，却都称赞她严厉而公平。学生们以自己是学校最严厉的教师的学生而感到自豪，就像默默承受痛苦的殉道者。

虽然如此，学生们依然可以在她眼皮子底下偷偷耍些小手段，如：在课桌下，在手心里或在橡皮上写字传递信息。面对她的大声斥责和严格要求，班里时常报以一种无声的抗拒，开始是那些学习差的学生，最后学习优秀的学生也这样做。她痛苦无奈地坐在自己的办公桌前流眼泪，拒绝给我们上课，于是我们便一个个地向她道歉。

根本无须问我是否喜欢 L 小姐。在我所接触的人中，没有一个人有她那样博学。她不同于我母亲的顾客们或是我的姑姑姨姨们，她能够保证让我准确无误地掌握每一门课所学的知识，让我的学习成绩优异。所以我总是在心里偷偷地与她相比，而不是与其他的同学比：我下决心到年底要掌握她所知道的一切知识。（在很长一段时间里我都相信一点，每位老师所知道的东西都不会比他们所教给我们的更多，所以我就特别敬畏"高年级"的教师，而傲视那些已经不再教我们的老师，也就是说，他们已经被超过了。）当 L 小姐阻止我回答问题以便把机会让给其他同学的时候，或者她让我对一个问题进行逻辑分析的时候，她让我站在她旁边。我把她对我学业的严格要求看作是她让我达到其自我完善的一种方式。有一天，她批评我写的 m 字母不好看，因为我写第一笔时总是向里歪着，像在画大象的鼻子。L 小姐开玩笑说："这看上去太下流。"我知道她指的是什么，所以我只是笑了笑，没作声，她也知道我已经明白了她的意思，说："你写的 m，像画了一个男人的性器官。"

暑假里，我在卢尔德度假的时候给她寄了一张明信片。

（回想着那年我在学校时的情景，再面对眼前这张照片，也就没有陌生感了。照片上的我面部表情极其严肃，目光直射，嘴角略带的那一丝微笑看上去与其说透着忧郁，还不如说透着高傲。"文本"使照片发出光彩，也是照片的解释。我看到寄宿学校的一个享有特权且充满自信的小学生，生活在一个对于她来说意味着真理、进步和完美的世界，她没有想象过有一天她可能会变得不配生活在这个世界里了。）

（我又"重新看到"了我上学时的班级，那是大约十二月末：我坐在左边的第一排——与L小姐的讲台为基准——，我一个人坐在一张双人桌前，课桌与另一个相同的课桌并排，布吉特·D坐在那里。布吉特额头凸出，长着浓密乌黑的卷发。我从自己的座位上斜侧着身子便可以看到全班同学：在一些明亮的区域，闪动着穿着不同的但无法确定的服装的身影，我可以

——说出面孔上的许多细节，发式、嘴唇［弗朗索瓦兹·H 干裂的嘴唇、罗朗德·C 柔软的嘴唇］、脸色［丹尼斯·R 的雀斑］，但我无法回想起全班同学。我听到她们的声音，几个句子，经常是无礼貌的，她们针对我说："你会讲暗语［javanais］*吗？"，西蒙娜·D 问道。在那些阴暗的区域里的，我就无法辨认身份，因为我已经忘记了名字。）

对我来说，还有另一个不是按学习成绩来分类的同学名单，我与她们生活在一个群体中，朝夕相处，把她们按"我喜欢"或"我不喜欢"来分类。首先区分"爱出风头的"和"不爱出风头的"，区分"那些自信的"和其他的，因为前者经常被选中在节日时到台上跳舞，去海边度假。爱出风头是一种身体和社会

---

* 指某一群体为了不让别人听懂而在一些单词中夹入 av 或 va 等音节，引申为切口、暗语或黑话的意思。——译注

地位的标志，是那些居住在市中心、父母是议员或是商人的学生所具有的，她们往往是班里年龄最小的女生。在不爱出风头的女生序列里，常常是那些农场主的女儿，她们或是寄宿生或是每天从邻近的乡下骑自行车来学校的半寄宿生，她们年龄稍大，大多是复读生。这些女生可以炫耀的是家里的土地、拖拉机和伙计，也就是说，在乡下所能拥有的一切东西，可是，这些东西在这里不能让任何人感兴趣。在这里，一切与"乡下"（cambrousse）有关的都让人瞧不起。这里用来羞辱人的一句话是："你当这里是农场吗？"

还有一种分类方式，一直萦绕在心头，那就是根据从十月到第二年六月可见的发育等级，此前，身体一律都是小孩子的样子。班里有一些小个子女生，她们大腿瘦小，穿着短裙子，戴着扁平软帽，头发上还扎着绸带，而另一些则是坐在教室后排的高个子女生，她们年龄稍大。我默默地观察着她们身体和着装的变化，她们礼拜日出门时穿着紧绷的上衣和长筒袜。我尝试猜测长裙下她们所使用的卫生巾。我想从她们那里学习到一些性知识。在一个父母和女教师把性都看作是不能提及的，甚至是十恶不赦之罪的环境里，必须时常从成年人的言谈话语中捕捉一些零星的小秘密，再就是由年龄稍长的同学当向导了。她们发育成熟的身体便是无声的知识来源。记得不知是谁曾经对我说："你要是住校，到宿舍来我给你看沾满经血的卫生巾。"

比亚里茨的照片上的我并不真实。在 L 小姐的班里，我还算得上是个高个子女生，但我的胸部却扁平，没有一丝发育成熟的迹象。那一年，我急切地盼望着快点来月经。每当我见到一位女生，心里就会盘算着她是否已经来了月经。我因自己没有来月经而自觉低人一等。七年级时，每个人的身体的不平等是我最敏感的问题。

我试图让自己显得成熟一些。于是，如果没有我母亲的阻止和私立学校的惩罚，我真想在十一岁半的年龄去教堂做弥撒的时候穿上长筒袜、高跟鞋，抹上口红。我只有烫头发的权利。在 1952 年的春天，我才第一次得到妈妈的允许买了两条束腰带褶的裙子和一双几厘米高跟的鞋子。但母亲不让我系黑色的宽的弹力腰带，因为这种腰带有两个金属钩，可以使女性的腰部和臀部有效地凸显出来，因此在当时夏天受到许多女人的青睐。记得整个夏天我为不能得到这样一条腰带而难过。

（在我对着照片草草地回忆 1952 年的情景时，我的脑海里浮现出的《墨西哥》《我小小的疯狂》，黑色的弹力腰带，我母亲的蓝底带红、黄花图案的褶裙，黑色的塑料指甲盒，好像岁月都浓缩成各种物。在一年中，甚至在一个季节中，那些像昙花般瞬间凋谢的衣服款式、广告和歌曲，在我们的情感和欲望中都打下了某些烙印。黑色的弹力腰带以特定的方式标志着某种想讨异性欢心的欲望的萌动，这些在以前我自己并没有发现过，而歌曲《古巴之旅》则表现了对爱情的渴望和对遥远异国的梦想。普鲁斯特大致这样写道：我们的记忆在我们之外，在遥远的过去，在缠绵的雨中，在深秋第一把火的柴香里，等等。自然的事物由于不断循环往复而确保了人的永恒，而给予我的，也许给予我那个时代所有人的，是令人难以忘怀的一首夏季流行歌曲、一条风靡一时的腰带，抑或是那些注定要消失的东西，记忆却没有让我本人或我的身份得到永恒。它让我感觉到并确信了我的脆弱和我的历史性。）

在我们班的上面，还有一个真正的"大个子"班，那是一个可望而不可即的世界。管理部门的老师也用这个词指六年级开始上哲学课的学生们。高年级班的那些大个子女生在课间换教室，我看着她们个个用手帕捂着嘴从走廊里经过。她们所在的教室总是静悄悄的，她们不玩耍，只是倚在教堂的墙边或在椴树下三五成群地讨论着什么。我觉得自己总是在默不作声地观察着她们，而她们对我们却从来都不屑一顾。她们是我们无论在学习还是在生活中都要学习的榜样。她们那发育成熟的少女的身体，尤其是她们广博的知识（这一点在宣布奖学金的时候看得出来），从算术到拉丁文，她们都让我确信她们肯定会瞧不起我们的。每当轮到我去三年级的班里送忏悔单时，我都会充满恐惧。我感觉全班同学的目光都集中在我身上，她们会想：这个七年级的小同学居然敢来扰乱神圣的知识殿堂！我惶恐地从教室中出来，却发现身后并没有发出任何窃笑或者嘘声。那时我不知道，在她们这样的高班里也同样会有学生跟不上，她们甚至要复读一年，还有的甚至复读了两年。但是即使我知道这些也丝毫不会动摇她们的崇高地位，即便是那些复读生，她们知道的也远比我多得多。

那一年，在某一天下午上课以前，我试图在寻找一个五年级的女生，我用目光在她们班里搜寻着。她个子不高，身材纤细，半长不短的卷发盖住了她的额头和耳朵，长着一张乳白色的宽脸。我之所以注意到她，可能是因为她穿着一双红色的、带拉链的高筒皮靴，和我一样，而那一年流行的则是黑色的橡胶雪地靴。我从未考虑过她是否会注意到我，同我说话。只是我愿意看她，看她的头发，看她赤裸的圆鼓鼓的小腿，听她说话。当时我唯一想做的就是知道她的名字和她所住的街道：她叫弗朗索瓦兹·雷努或者雷诺，住在勒阿弗尔街。

好像我在私立学校里一个朋友也没有。我从不去任何一个女同学家串门，也没有任何同学来我家玩。这也是因为在放学以后我们之间没有任何交往，除非上学时同路，不过那也只是同一路程的友谊。我和莫妮克·B一路同行，她是附近一位农民的女儿，早上她把自行车停在年迈的姑姑家，中午就在她家吃午饭。晚上，她去这位姑姑家取自行车后再回家。她和我一样高，也是没有发育成熟的样子。她面颊胖胖的，一双厚嘴唇，唇边还总是挂着食物的残留痕迹。她总是为自己学习成绩不够理想而焦虑不安。当我下午一点钟去她姑姑家找她时，我们先谈论我们中午所吃的饭。

由于家庭中和附近邻居中没有人在私立学校上学，所以除了班里的同学以外，我没有一个可以沟通的同龄朋友。

（记得假日里我一直在床上躺到中午，玩一种游戏。那是一位老太太送给我的厚厚的一叠明信片，我在这些明信片的背面写上一个女孩的姓名。没有地址，只有明信片上的城市的名字，在通信内容的地方什么也不写。女孩子的姓名全部是在《莉赛特》《时尚回声》和《茅屋夜谈》等杂志上看到的，我要求自己按姓名在杂志上出现的顺序来使用。我划掉名字，然后加上其他的，继续游戏。就在这种发明十几个新地址的过程中我得到了很大的乐趣，就像某种性的渴望。有时，我给自己寄上一张明信片，也是空的。)

人们这样说我："学校就是她的全部。"

我的母亲是宗教法规和学校规定之间的联系者。她每周都需要去几趟教堂做弥撒，冬天会去参加晚祷，参加圣体降福仪式和封斋期仪式，以及圣星期五的十字架之路活动。从她年轻的时候起，她就把参加宗教的各种仪式活动当作她出门散心，展示自己着装的机会。母亲很早就把我也领入这些宗教活动中（记得有一次她带着我去寻找布洛涅的圣母像时，在勒阿弗尔公路上走了很久很久），而且她还让我体会参加这些活动时所感到的乐趣，如参观孟斯库尔圣母大教堂（Notre-Dame-de-Bonsecours）时就会有像到森林里漫步一样的乐趣。在下午店里没有顾客的时候，她便会上楼跪在床上方悬挂的十字架前祷告。在我与父母同住的这间卧室里，墙上挂着一张镶嵌在相框里的特蕾莎圣像、一张圣脸像的复制品和一张圣心大教堂的版画，在壁炉上放着两尊圣母玛利亚的塑像，其中一个是用大理石雕成的，另一个上面涂着一层橙色的颜料，到了夜里可以发光。晚上，我和母亲在两张床之间走动着，嘴里念着和早晨在学校念的一样的经文。我们在星期五从不吃肉，比如牛排或者猪肉制品等。我们乘大巴车去利雪朝圣，做弥撒，领圣餐，参观大教堂和比索奈的圣人故居，这是夏天我们全家唯一一次集体出游。

战争结束后，母亲独自一人跟随本教区的朝圣队伍一起去卢尔德朝圣，为了感谢圣母在战争中保佑我们没有遭受轰炸。

母亲认为宗教属于有修养、知识、文化和良好教育的范畴。由于没有接受过良好的教育，她认为让自己提高修养只能从做弥撒、听晚祷开始，这也是她开阔眼界的方式。她不受私立学校的规章条例的限制，比如说，她不听从学校关于阅读方面的规定（她购买并阅读了大量的小说和杂志，然后就转给我，让我读），她拒绝执行一切有碍成功的规定以及让人做出牺牲和顺从的规定。她担心赞助人，也担心十字会的禁锢，担心过度的宗教教育对学习算术和拼写是有害的。宗教应该作为教育的辅助部分，而不能取代教育。要是我成为修女，那会让她很不高兴，会让她很绝望。

母亲对宣传教义的事不感兴趣，或者说宣传教义对一名商人来说是不合适的。她看到街区的年轻姑娘不去做弥撒，她只是一笑了之。母亲的宗教信仰，由于她在工厂里当女工的经历，再加上她本身暴躁而雄心勃勃的性格，具有个人化特征：

她奉行的是个人主义原则，即竭尽一切办法以保证物质生活的富足。

她选择的信条使她有别于家族中的其他人和本地的大多数顾客。

争取一种社会地位。她要通过她对宗教的虔诚向市中心的那些傲慢的资产阶级女性表明，一名以前的工人比她们强多了。

她有一种自我完善，提高层次的强烈愿望。培养我，让我有美好的前途也属于其中一部分。

［我觉得在母亲的生活中，完全消除宗教的作用和影响是不可能的。在 1952 年，母亲就是我的宗教，她修改了私立学校的规章使其更有约束力。她嘴里重复最多的一句话就是：以某人为榜样（在礼貌、热情、用功等方面），但并不是照搬（这个人的缺点）。尤其是那句"做出个样子给我看看"（礼貌、功课、举止等）。还有就是："人家会怎么看你呢？"］

母亲给我阅读的那些杂志和小说，"绿色图书馆丛书"、《茅屋夜谈》《时尚回声》德里和马科斯·德·韦吉特（Max du Veuzit）的小说等并不与私立学校的规定相悖，它们完全符合"适合所有的读者"这一原则。有几本书的封面上还印有"法兰西学术院授奖"的字样，证明它们完全符合当时的社会道德标准，而不只是从文学的旨趣考虑的。在我十二岁的那一年，我就拥有了贝尔特·贝尔纳热（Berthe Bernage）

的"布吉特"（*Brigitte*）系列的前几部，大约有十五册。书中用日记形式讲述了布吉特的生活：恋爱、结婚、为人之母直到成为祖母。到了我少年时代末期，我有了完整的一套书。作者在前言中是这样描述少女布吉特的：

布吉特优柔寡断，总是出错，但她却总能够回到正确的道路上来……因为历史是追求真实的。然而，作为一个优秀种族的灵魂，一个经过风雨洗礼的灵魂，有着优秀的榜样，接受着睿智的教育，有着优秀的文化——受着基督教的教诲——这样的灵魂无疑是经受得住诱惑，不会"随波逐流"的，她会为义务而摒弃享乐，她会不惜任何代价做出完成义务的选择……真正的法国妇女现在是而且永远都是热爱自己的家、自己的祖国，并且永远在祷告。

布吉特成为年轻女孩的典范，谦逊，蔑视物质财富，生活在一个拥有客厅和钢琴，打网球，参观展览，品茶，去布洛涅森林公园的世界。在那里，父母从不争吵。这本书在教给我们基督徒的道德规范的同时，还教给我们资产阶级的优秀的生活方式 *。

［那时候，我认为这种风格的故事比狄更斯的书还要真实，因为它描绘的所有生活都是有可能实现的，恋爱——结婚——生子。难道真实就一定有可能实现吗？

在我阅读"布吉特"和德里的《奴隶还是皇后》（*Esclave ou reine*）的时候，在我去看布尔维尔（Bourvil）的《没那么傻》（*Pas si bête*）的时候，书店里又上架了萨特的《圣热内》（*Saint Genet*）、加拉菲尔德（Calaferte）的《清白者的安魂曲》（*Requiem des innocents*），剧院上演了尤内斯库（Ionesco）的《椅子》（*Les chaises*）。我当然要全部通读通看。］

———
* 到 2050 年，查阅《二十岁》《她》这些杂志和各种道德教化的小说，无疑会激起与查阅"布吉特"时同样的陌生感。——原注

　　我父亲只读本地的日报，在他的言谈中，宗教没有任何位置，除了在他对母亲发脾气时带一两句："你一天就知道黏在教堂里""你跟神父说什么了？"或者拿独身的神父开几句玩笑，这时母亲总是不做回答，好像父亲的话很下流，不配得到答复。他会参加半天的主日弥撒，但他总是站在大厅的最后一排，以便结束的时候迅速出来。他总是要一直拖到复活节后的第一个星期日——犯大逆不赦之罪的最后期限——才去忏悔和领圣体，他把这当成一件极其烦人的事。母亲并不更多地要求他，觉得他能够祷告也就够了。父亲晚上不参加祷告，装作已经睡着。由于父亲没有真正的宗教信仰，因此也没有提高自己地位的欲望。总之，父亲是个不信教的人。

　　但是，父亲也同母亲一样，认为上私立学校是最好的选择，他总是说："人家要是看见你这样，会跟学校怎么说？你怎么这样讲话！"，等等。

尤其是这句："在学校里你别让人指指点点。"

　　我曝光了成长环境中的规则和不成文的习俗。我清点了贯穿我的那些语言，这种语言构成了我对自己和这个世界的感知。六月星期日的那次争吵在任何地方都没有位置。

　　这件事在我所处的两个世界里都不能对任何人说。

　　我们已经不再属于那些不喝酒，不吵架，进城时换上干净衣服的规矩人的范畴。每次开学时我都会有一套新衣服、一本漂亮的祈祷书，处处我都是第一名，每天祈祷。我与班里其他的女孩子们不一样了。我看到了我不应该看的东西。处在私立学校这样单纯的社会环境里，我懂得了我不应该懂得的东西，这以一种难以描述的方式把我归到了那些在暴力、酗酒或者在精神不正常的环境中长大的一类人，这类人的故事都可以用这样一句话结尾："这可真是不幸。"

我已经不配在私立学校了，配不上它的优秀与完美。我陷入了羞耻之中。

羞耻中最可怕的是，我们想象自己是唯一能感受到羞耻的人。

我昏昏沉沉地参加了教区的考试，只得了一个"好"的成绩，这令 L 小姐非常吃惊和失望。那是在六月十八日，星期三。

六月二十二日，接下来的那个星期天，我参加了在鲁昂举办的教会学校庆祝青年节活动。大巴车到夜里很晚才将我们送回家。L小姐负责护送在我们这个街区的学生。那是在大约凌晨一点左右，我敲了敲杂货店的门板。过了好一会儿，店里的灯亮了，母亲睡眼惺忪地出现了，她蓬乱着头发，穿着皱皱巴巴的睡衣，上面布满了污点（因为她撒完尿就用它来擦）。L小姐和另外两三名同学都停止了说话。母亲嘴里嘟囔了一声"晚上好"，没有人应答她。于是我一头钻进杂货店以便让这场面尽早结束。这是我有生以来第一次以一个私立学校学生的眼光看我的母亲。在我的记忆里，这个场景无法与我父亲要杀死我母亲那个相提并论，可却也让我记忆犹新。好像母亲放松了的、不加任何束缚的身体和她那脏兮兮的睡衣，把我们真正的本性和我们的生存方式全部曝光。

（当然，这没有发生：假如母亲拥有一件睡袍，她会把它披在睡衣外面，私立学校的女老师和同学也就不会如此惊讶了，我也就不会记得那个夜晚的事了。

可在当时，睡袍和浴缸对于我们这个阶层的人来说就是奢侈品，是不合适的，甚至对于那些一起床就得马上工作的妇女们来说，穿上它简直是很可笑的。但在我的思想体系里，没有睡袍无疑就等于羞耻。）

对于我来说，接下来的整个夏天都进一步证实了我们地位的卑微，"只有我们"才这样。

我的外祖母于七月初死于血栓。这对我没有任何影响，过了十几天，在高尔德里区发生了一场剧烈的争吵，我的一个刚结婚的表兄和他的姑姑，即我母亲的妹妹动手打了起来，他们都住在我外祖母的房子里。在大街上，我的表兄在坐在路边斜坡上的父亲即我的舅舅的怂恿下，挥起拳头朝他的姑姑便打。姑姑顿时头破血流。她鼻青脸肿地来到了杂货店，我母亲带着她去警察局，又去看了医生。（几个月后，这件事通过法院解决了。）

那个时期我患了感冒，咳嗽整整一个月。有一天我突然觉得右耳像是被东西堵住了。这里的人夏天患感冒一般是不习惯看医生的。我已经听不见自己的说话声了，别人说话的声音也好像是透过一层雾隐隐传来。我尽量不说话，我当时真以为以后一辈子都要这样生活了。

还是在七月里，还是关于高尔德里大街发生的事情。一天晚上，在咖啡馆关门后，吃晚饭的时候，我几次抱怨我的眼镜腿歪了。我说的时候，摘下眼镜拿在手里摆弄着，这时母亲一把抓住我的眼镜，用尽浑身的力气，还大声地叫嚷着，把它摔到了厨房的地上。镜片被摔得粉碎。现在我只记得当时一片混乱，我父母的互相责骂声和我的哭泣声乱作一团，其余什么也记不起来，再有就是那种马上要有大灾难降临的感觉，就像"我们真的都疯了"。

在羞耻中有这样一种感觉：从此，一切都有可能发生在你身上，永无停止，停止羞耻还需要更大的羞耻。

在我外祖母故去和我的姨妈挨揍以后不久，我便和母亲乘大客车去埃特勒塔（Étretat）度假了。母亲在出门时和回家时都换上孝服，因为她担心 Y 市的邻居们说三道四，到了海滩就换上她的蓝底红黄花图案的裙子。在她与我的合照上，我站在海里，水淹没了膝盖，照片的背景是针峰（Aiguille）和大岩门（la porte d'Aval），不知那张照片是在二十几年前丢失了还是被故意撕掉了。照片上的我，身上紧裹着一件毛线织成的游泳衣，笔直地站在那里，两只胳膊直垂着，看样子我在努力收腹，并且使劲挺着本来就没有发育出来的前胸。

那年冬天，母亲给父亲和我报名，参加市长途客运公司组织的去卢尔德的旅游。我们沿途还要参观一些旅游景点，如罗卡马杜尔（Rocamadour）、帕迪拉克溶洞（le gouffre de Padirac），等等，在卢尔德待上三四天之后，再沿着与来时不同的路线返回诺曼底，沿途可参观比亚里茨、波尔多以及卢瓦河沿岸的古堡等。我和父亲出发去卢尔德的日子终于到了。那是在八月下旬，天还没有亮，一大清早，我们站在共和国大街的人行道上等了很久，长途公共大客车才从一个海滨小城载着一些游客开过来。我们搭乘这辆车，在车上坐了整整一天。上午我们在德洛的一个小咖啡馆停了一会儿，中午在奥利维镇的卢瓦雷边的一家餐馆吃了饭。雨下个不停，从车窗往外看，已看不清外面的景色了。在德洛咖啡馆休息时，我为了喂小狗半块糖，在掰糖时把手指划破了，伤口开始发炎。随着我们不断往南走，一种离开故土的感觉越来越强烈，我觉得自己似乎再也见不到母亲了。在一起旅游的人里，我们只认识一对做面包干的夫妇，其余的我们谁都不认识。在将近深夜时，我们终于到了利摩日，住进了"现代旅馆"。吃晚饭时，只有我们自己单独坐在餐厅中央的一张桌子旁，我们不敢说话，因为服务生就站在一旁。我们似乎对周围的一切都感到紧张。

从第一天起，游客们就自觉地把来时自己所坐的位子预留了下来，以后整个旅行途中就再也没有发生变化（所以我才这么容易回忆起来）。在我们的正前方第一排坐着的是 Y 市的珠宝商的两个女儿，在我们身后是一名地产主的遗孀和她十三岁的女儿，是鲁昂一所教会学校的寄宿生。再往后一排同样也是来自鲁昂邮电系统的退休职员，也是一位寡妇。再远处是一位非教会学校的小学教师，未婚，胖胖的，穿着一件栗色的大衣和一双轻便凉鞋。在左侧的第一排坐着的是做面包干的夫妇，他们的后面是海滨小城卖布料的商人夫妇，紧挨着他们的是两名客车司机的年轻妻子，还有三对农场主夫妇。这是我们第一次在十天里如此近距离地接触这么多的陌生人，而且他们中除了客车司机以外都比我们有地位。

在接下来的日子里，我不怎么能感受到远离家的痛苦了。我开始喜欢爬山，体验着诺曼底从未有过的热浪，体验着中午和晚上都在餐馆就餐、夜里睡在旅馆里的感觉。那时，能够在洗漱间洗脸，随心所欲地使用热水或冷水对我来说就是一种奢侈。我觉得——只要我和父母一起住就会一直这么想，也许是因为我们属于低等社会——旅馆比我家漂亮。每到一个新的地方，我都会急不可耐地去看新的房间。我能够在房间里待上几个小时，什么也不做，就只是待在那里。

我的父亲依然对一切保持着高度的警觉。一路上，他都认真地注视着崎岖的道路，与其说是观赏风景，还不如说他更注意司机开车的状况。频繁地更换睡觉的床让他难以入眠，他对饮食也特别当心，对服务生端上来的我们从未见过的东西格外留意，认真地评价日常食物的品质，比如面包和土豆，并且与他自己在菜园里种的土豆比较一番。在参观教堂和城堡时，父亲总是落在队伍后面，像是在履行一项让人厌烦的义务，目的只是为了让我高兴。其实他根本没有真正地投入，因为他没有和与他的爱好和习惯相同的人在一起。

当与邮局退休女职员、生产面包干的老板和卖时髦东西的商人熟悉以后，他才高兴起来。他们比起其他人更加健谈，其实那几个人也同样出于职业的缘故，与我父亲有共同的话题，比如税收等，但是那些人与父亲有着明显的区别——他们有一双白白的手。他们都比父亲年龄大，与父亲一样都对在烈日下步行感到疲惫。所以他们长时间地待在餐桌前。当然，谈话的主题自然是一路上看到的干旱情况，有多少个月没有下雨，南方人说话时的口音，以及一切与"我们那里"不同之处和吕尔（Lurs）的治安状况等。

　　我认为自己去找那个十三岁的女孩伊丽莎白玩是很自然的事，因为我们相差只有一岁，虽然她已上五年级，但她毕竟也是在一所教会学校上学。我们的身高一样但她的胸部丰满，已然是一位成熟少女。度假的第一天，我很高兴地发现她同我一样都穿了一件海蓝色的百褶裙，上身套一件短外套，她的是红色的，我的是橙色的。她并没有回应我对她表现的那份热情，只是在我跟她打招呼时对我淡淡一笑，和她母亲一样。她的母亲和我父亲说着话，在笑的时候嘴里还露出几颗金牙。有一天，我穿上了去年参加青年节时穿过一次的体操服，一条短裙和一件衬衫。那女孩注意到便问："你参加青年节的演出了？"我非常自豪地告诉她是的，我把她面带微笑的问话看成是两个人之间的一种默契。后来，从她说话时奇怪的语调中，我隐约感觉到她的意思是说："你没有其他衣服可以穿了，只好又穿上了体操服。"

一次，我偶然听到一位妇女说："不久以后，她会是个美人。"后来，才知道她说的不是我，而是伊丽莎白。

对于我，与其他姑娘谈论首饰还为时尚早，无论如何还不能把我与旅途中的其他女性的身体相提并论，因为我只不过还是一个正在成长中的孩子，高高的个子，虽然很健壮，但胸部平平。

　　当到达卢尔德时，我得了一种奇怪的病。我看到所有的房子、大山，所有的景象都在不停地移动。当我坐在旅馆餐厅里的餐桌前，大厅外的墙壁在我眼前不停地晃动，只有封闭的地方才是静止的。我没敢把这些情况告诉我的父亲，我想这就是疯病，我以后会永远这样了。每天早晨起床时，我都会想今天我看到的景象会不会停止。这种情况持续了很长一段时间。后来，我想是在到了比亚里茨时才恢复正常。

　　我和父亲一起参加了母亲已经预料到的宗教活动。圣火游行，在烈日下参加露天弥撒（我几乎要晕倒了，一位女士借给我她的帆布折叠凳），在神奇的溶洞前祷告。对于母亲每次说起来都令她那么激动的地方，我真的说不出是这些地方美还是教会学校美。在那里，我感受不到任何的情绪。只记得无聊的队伍，沿着波河行走的阴暗的整个上午。

我们跟随旅行团参观了城堡、贝塔拉姆溶洞和一幅巨大的复原贝尔纳黛特（Bernadette Soubirous）时代的风景画，是位于冰斗中的一幅全景画。我们和邮局退休女职员是唯一没有去参观加瓦尔尼冰斗（Cirque de Gavarnie）和西班牙桥（pont d'Espagne）的人，因为参观这两个地方的钱没有包含在旅游费里。父亲肯定没带足够的钱。（在比亚里茨的咖啡馆的露台上，当有人告诉他，他刚刚与其他两位商人喝的白兰地的价格时，父亲差点没吓晕过去。）

对于这次旅行，我们没有做什么真正的准备，因为有太多我们不知道的惯例。

珠宝商的女儿们手里拿着一本旅行指南下车去参

观一个建筑物。她们从包里拿出带来的巧克力和一些干的糕点，而我们除了一瓶含糖的薄荷酒，以备不舒服的时候之外，我们没有带任何食品，认为这不需要。

我只穿了一双白色的皮鞋，那还是为重许誓愿的仪式买的，它很快就被弄脏了。母亲也没有给我们带上清洁皮鞋的东西，我们也根本就没有想过在旅途中去买，好像在一座陌生的城市里这是不可能做到的事情。到了卢尔德，一天晚上，我看到在一些房间的门前摆放着几双脏鞋子，于是我就把我的皮鞋也放到了门口。第二天我发现我的皮鞋还和原来一样脏。父亲讽刺我说："我跟你说过，那是要付钱的。"而这对于我们是一件不可理解的事情。

旅途中，我们只买了几枚纪念章和几张明信片寄给我的母亲、家里的亲戚和一些熟人。除了有一天买了一份《鸭鸣报》(*Le Canard enchaîné*)以外，再没买过任何报刊，因为我们旅途经过的地方的当地报纸不会报道"我们那里"的消息。

在比亚里茨，我既没有游泳衣也没有运动短裤。在沙滩上，我们就穿着平常的衣服和鞋子，在穿着比基尼、晒成古铜色的身体中穿行。

还是在比亚里茨，在一家大的露天咖啡馆里，父亲讲了一个我在家就听过的一个神父的放荡故事。人们勉强地笑了。

在旅行回来的途中，有三幅画面。

我们在一片长满焦黄的杂草的赭石高地处歇脚，可能是在奥弗涅（Auvergne），我远离人群解完大便，回到休息处。我在想，我刚才在这片也许永远不会再回来的土地上留下了一点我的东西。过一会儿，明天，我就远走高飞了，重新回到学校，而这个我刚刚留下的东西就会被抛弃在这里，在这片荒凉的高原上，一直到冬天。

在布洛瓦城堡的台阶处。父亲着了凉，不停地咳嗽。人们只听到回荡在穹顶下的咳嗽声，连导游的讲解声都被盖住了。于是他只能与旅游团的其他人保持一段距离。我回过身，等着他，或许是违心的。

一天晚上，也是旅行的最后一个晚上，在图尔，我们在一家常有高级顾客光顾的酒店里吃饭，饭店里装饰着大镜子，餐厅里灯火通明。我和父亲坐在旅游团的大餐桌的最尽头。服务生们光忙着照顾别的餐桌的人，对我们不予理睬，每一道菜都要等很长时间。在我们旁边的小桌上坐的是一位十四五岁的少女，她穿着一条吊带裙，古铜色的皮肤，与一个上岁数的好像是她父亲的人坐在一起。他们无拘无束，旁若无人地尽情说笑着。少女吃着一种用玻璃罐盛着的浓浓的奶，过了数年以后，我才知道那是酸奶，在"我们那里"还没有人吃过。我看着对面镜子里苍白的自己，戴着副眼镜，看上去略带忧伤地坐在我父亲的身旁。

父亲正看向远处，目光有些茫然。我明白自己与眼前这位少女的差别，但我不知道我该怎样做才能够像她那样。

后来父亲对这家饭店表示强烈的不满，因为在那里我们吃的只是用来"喂猪"的土豆做成的土豆泥，白白的，无滋无味。几个星期以后，父亲还对那顿用"喂猪的土豆"做的饭感到愤愤不平。不过这只是一种毫无意义的牢骚罢了，也许就是在那里，我开始懂得所有这一切不公正的待遇，被人瞧不起皆因为我们不属于那个"点菜"吃的优雅的顾客群体。

（在经历了那个夏天的每一幅画面之后，我自然会这样写"于是我发现"或"我意识到"，但这些词实际上都意味着我对所经历的事情有一个清晰的意识。而羞耻感剥夺了它们的所有意义。什么也不能阻止我有这样的感受，一种压抑、一种虚无。它是最后的真实。

就是这种真实将1952年的女孩与这个正在写作的

女人联系起来。

后来，对这次旅行经过的地方，除波尔多、图尔和利摩日之外，其他的我没有再去过。

图尔饭店的那个画面是最清晰的。在写一本关于父亲生活和教养的书的时候，那个画面不停地浮现在我的眼前，作为两类世界的存在的证据，并且我们无可辩驳地属于下面那一层。

除了时间上的关联，也许六月的那个星期日的场景与我所讲述的这次旅行之间没有任何联系，但是怎么能证明这一件事情的背后就不能孕育着另一件事情呢？怎么能证明事情的连续就没有意义呢？）

在回家以后，我还时常想起这次旅行。我一次次地回忆着旅馆里的房间、我们进过的饭店，以及充满阳光的城市街道。这次旅行使我知道这世界上还存在着另一种不同的世界，那里宽广、充满阳光，人们住着带热水盥洗室的房间，而且像小说中所描写的那样，女儿和父亲讨论着什么。而我们不属于这个世界。没什么可说的了。

好像就是在这个夏天我开始玩"理想的一天"这个游戏的。利用《时尚回声》杂志玩——因为上面刊登的广告最多——，在读完连载小说和其他几个栏目后，我便开始玩游戏。过程总是千篇一律。我想象自己是一位美丽的少女，独自一人生活在一座宽敞漂亮的大房子里（有时也会有变化，比如一个人住在巴黎的一间屋子里）。我总是根据杂志广告所宣传的产品来想象设计自己的形象，如美丽的牙齿［根据吉博斯（Gibbs）的广告］、肉嘟嘟的红唇［根据红色之吻（Rouge Baiser）的广告］、苗条的身材（根据广告中的紧身褡），等等。我屋里的家具皆来自巴贝斯家具店，我的学校是毕业后最容易找工作的学校。我吃的食品也是那些被宣传有好处的产品：如意大利面、阿斯塔黄油。我仅仅根据杂志上所展现的产品来创造自己，并从中获得很大的乐趣。在游戏中我每天都有新的发现，然后悠然自得地发挥着自己的想象力，勾画着理想的一天。譬如，睡在一张莱维坦床垫上，早餐喝巴娜尼亚可可粉，用维他班特发膏打理我耀眼的头发，以函授的方式学习护理和社会救助的课程等。一个星期又一个星期过去了，广告不断更新，我的游戏也翻着花样，而我玩游戏时的想象力与读小说所激发的完全不同，这种想象力非常活跃，无法遏止。我用真实存在的物来制造将来，但同时也会令人失望，因为我一直想不出该如何使用一整天。

　　这是我个人的秘密活动，没有名称，而且我也从不认为有其他人会玩同样的游戏。

我们家的生意在九月份急剧下滑，因为在市中心有古普商场或者消费合作社开张。去卢尔德的旅行对于我们来说无疑开销太大了。下午，我的父母在厨房里小声盘算着。一天，母亲指责我和父亲在溶洞前没有虔诚地祷告，看着母亲那个样子我们捧腹大笑，母亲的脸都红了，好像她刚刚泄露了我们根本不可能懂的她与上帝的关系。他们计划把小店卖掉，然后到食品商场当个售货员或是回到工厂上班。后来这个计划没有变成现实，因为情况有了好转。

到了月末，我的一颗龋齿痛起来，母亲带我第一次去 Y 市看牙医。医生在用针往我的牙龈上注冷水前问我："你喝苹果酒时牙痛不痛？"苹果酒是当时工人家庭和乡下人餐桌上孩子大人都喝的饮料。在家里，我和私立学校的寄宿生一样喝白水，有时在水里加些石榴果汁。（难道这些体现我们社会地位的词汇永远不会被我忘记吗？）

开学后，一个星期六的课后，我和另外两三个女生、六年级的老师 B 女士一起打扫卫生。由于我对使用抹布得心应手，便扯着嗓子唱起了一首爱情歌曲《波莱罗》，唱了几句我突然停住了。B 女士再三邀请我唱下去，我拒绝了。因为我坚信，她会注意到我暴露了自己的平庸，然后肆无忌惮地揭发出来。

没必要再继续说了。羞耻只是无休止地重复着，累积着。

我们生活里的一切都变成羞耻的象征：院子里的公共小便池、一间共用的卧室（按照我们这个阶层的人的习惯，同时也因为缺乏空间，我和父母睡在一起）、母亲的耳光和粗话、酩酊大醉的顾客和赊账的家庭。我对醉酒程度以及月末赊账家庭的贫穷程度的深刻了解，都标志着我属于那样一个阶层，私立学校的人对这个阶层的人只表现出无知和傲慢。

我感到羞耻是很正常的，这是父母们所从事的职业，以及我们的生存方式所造成的。羞耻存在于六月的那个星期日的场景中。对于我，羞耻已变成一种生活方式。说到底，它已经进入我的身体里，我已经麻木了。

我一直想写一些过后我自己无法谈论的书，谈论这些书会让他人的目光变得难以承受。但是，如果我写下的书能够与我在十二岁时所经历的相提并论，那还有什么可羞耻的呢。

1996 年的夏季结束了。当我开始构思这个文本时，一枚迫击炮炮弹落在了萨拉热窝的市场，炸死几十人，伤了几百人。在报纸上，有人写道："羞耻包围着我们。"对于他们，羞耻是一种心理感受，他们今天有这种感受，明天可能就不再有，在一个特定的地方有（如波斯尼亚），而在另一个地方就不会有（如卢旺达）。大家都已经忘记了萨拉热窝菜市场里的血。

在我写这本书的几个月里，我会立刻回忆起1952年发生的各种事情，如：新上映一部电影，新出版一本书，某一位艺术家离去，等等，好像这一切都证明着遥远的那一年和我的童年的真实性。在1952年日本出版的大冈升平（Shohei Ooka）的《野火》(Les Feux)中，我读到这样一段话："这一切可能只是幻觉，但是我无法怀疑我所感受到的。回忆同样也是一种体验。"

当我看比亚里茨的照片时，父亲已经故去二十九年了。现在的我与照片上的我已毫无相同之处，除了我脑海里六月的那个星期日的那一幕，也正是那一幕才让我写下这本书。是它让照片上的这个小女孩与我成为同一个人，毕竟让我更加认识自己并且感受深刻的高潮是在两年以后才经历到的。

1996 年 10 月

图书在版编目(CIP)数据

羞耻/(法)安妮·埃尔诺著;郭玉梅译.—上海：
上海人民出版社,2023
ISBN 978 - 7 - 208 - 18208 - 0

Ⅰ.①羞… Ⅱ.①安… ②郭… Ⅲ.①自传体小说-
法国-现代 Ⅳ.①I565.45

中国国家版本馆 CIP 数据核字(2023)第 050771 号

责任编辑 赵 伟
封扉设计 e2 works

封面画作来自朱鑫意的"2020"系列作品

上海文化发展基金会资助项目

羞耻

[法]安妮·埃尔诺 著

郭玉梅 译

出　　版	上海人民出版社
	(201101 上海市闵行区号景路 159 弄 C 座)
发　　行	上海人民出版社发行中心
印　　刷	苏州工业园区美柯乐制版印务有限责任公司
开　　本	787×1092 1/32
印　　张	4.25
插　　页	6
字　　数	52,000
版　　次	2023 年 7 月第 1 版
印　　次	2025 年 6 月第 2 次印刷

ISBN 978 - 7 - 208 - 18208 - 0/I · 2070
| 定　　价 | 45.00 元 |

2022年诺贝尔文学奖"安妮·埃尔诺作品集"

已出版

《一个男人的位置》

《一个女人的故事》

《一个女孩的记忆》

《年轻男人》

《占据》

《羞耻》

《简单的激情》

《写作是一把刀》

《相片之用》

《外面的生活》

《如他们所说的，或什么都不是》

《我走不出我的黑夜》

《看那些灯光，亲爱的》

《空衣橱》

《事件》

《迷失》

《外部日记》

《真正的归宿》

《被冻住的女人》

《一场对谈》

《黑色工作室》